KB042266

참룡회귀록

참룡 회귀록 13

초판 1쇄 인쇄일 2019년 11월 19일 I **초판 1쇄 발행일** 2019년 11월 22일

지은이 정한솔 I **펴낸이** 곽동현 I **담당편집 팀장** 이범수
편집부 홍현주 정요한

펴낸곳 (주) 조은세상 I **출판등록** 제 2002-23호
주소 경기도 연천군 미산면 청정로 1355
TEL 편집부 02)587-2966 I FAX 02)587-2922
e-mail bukdu@comics21c.co.kr

정한솔 ⓒ 2018
ISBN 979-11-6432-572-6 I ISBN 979-11-89672-81-2(set) I 값 8,000원

斬龍回歸錄

참룡
회귀록

정한솔 신무협 장편소설

NEO ORIENTAL FANTASY STORY

13

북두
(5)좋은세상

정한솔 신무협 장편소설

NEO ORIENTAL FANTASY STORY

CONTENTS

참룡
회귀록

斬龍回歸錄

84 章.

제갈연이 밖으로 나오자 운현과 천영영이 한걸음에 달려
왔다.

"연아야!"

"야! 너 무사했어? 다행이다."

반가움과 안도의 감정으로 가득한 그들의 얼굴을 보고
있으면 제갈연 자신도 괜히 기분이 좋아졌다.

제갈연 역시 반가움이 가득한 얼굴로 그들을 쳐다봤다.

"너희들도 무사했구나. 다행이다."

운현이 고개를 끄덕이고는 다시 말했다.

"그런데 어떻게 된 거야? 별다른 일은 없었고? 거길 어떻
게 빠져나온 거야? 짐 덩어리도 달렸는데."

9

모용기를 말함이다.

천영영이 운현의 옆구리를 쿡 찔렀다.

"얘는 말을 해도 꼭."

"아얏! 내가 뭘?"

"됐어. 그보다 연아 너 정말 어떻게 된 거야? 누가 도와주기라도 했어?"

그 부분이 궁금한 것은 천영영 역시 마찬가지였다.

호기심 가득한 눈으로 자신을 쳐다보는 천영영과 운현을 마주한 제갈연이 헤실거리며 말했다.

"그런 게 아니고."

"그런 게 아니면? 어떻게 빠져나온 건데? 네가 막 각성하기라도 했어?"

"내가 아니고 모용 공자."

"어? 기아가?"

운현이 눈을 동그랗게 떴다.

제갈연이 고개를 끄덕였다.

"그래. 모용 공자가 무공을 되찾았다더라고."

"그 짧은 시간에? 말도 안 돼."

운현이 믿을 수 없다는 얼굴을 했다.

그것은 천영영 역시 마찬가지였다.

그러나 정신을 차린 것은 운현이 조금 더 빨랐다.

"하긴…… 걔가 뭐 언제는 말이 되는 짓을 했나? 그럴 거면 진즉에 좀 회복할 것이지. 괜히 고생만 시키고는……."

운현이 투덜거리듯 목소리를 냈다. 그러나 못마땅하다는 투의 목소리와 달리 얼굴엔 안도의 감정이 가득했다.

천영영 역시 그것을 알아보기에 부족함이 없었기에 이번에는 아무런 말도 하지 않았다.

대신 제갈연을 쳐다보며 질문했다.

"그래서? 이제 어떻게 되는 건데? 다른 녀석들은?"

"소화나 무일이한테도 별다른 문제는 없는 것 같고…… 다른 애들도 같이 있는 게 아닌 걸 보면 괜찮지 않을까?"

"아니, 내 말은 그게 아니라 저들이 누군지 기아 녀석은 아는 것 같던데 이제 어떻게 할 거냐고. 뭐 들은 것 없어?"

들은 것은 많았다.

그러나 함부로 발설할 수 있는 것들이 아니었다.

제갈연이 어색하게 웃으며 고개를 저었다.

"그건 나도 잘…… 너희들도 알다시피 모용 공자가 뭔가를 잘 말해 주는 성격은 아니잖아."

운현이 알 만하다는 얼굴로 고개를 끄덕이더니 모용기가 있는 방향을 쳐다보며 못마땅하다는 얼굴을 했다.

"저 자식은 무슨 놈의 비밀이 그렇게 많아서……."

"그러게 말이야. 뭐 하나 말해 주는 것도 없고."

운현과 천영영이 같은 얼굴을 했다.

어색한 얼굴을 하고 있던 제갈연이 얼른 화제를 돌렸다.

"근데 생각보다 많이 왔네? 여긴 어떻게 알고?"

"어? 그거? 소화네 할아버지가 남경으로 간다길래 에라 모르겠다 싶어서 찍은 거지."

운현의 말에 제갈연이 헤하고 입을 벌렸다.

항상 느끼는 바지만 운현은 제멋대로 움직이는 것처럼 보이지만 생각보다 판단력이 좋다 생각한 것이다.

"확실히……."

"어? 뭐가?"

"아냐, 아무것도. 근데 누가 누가 온 거야? 개방도 있고, 우리 숙부님도 있고…… 어라? 운설이 아냐?"

시선을 돌리며 주위를 살피던 제갈연이 백운설을 발견하고는 눈을 동그랗게 떴다.

때마침 이쪽을 쳐다보고 있던 백운설이 제갈연과 시선이 마주치자 화들짝 놀라며 고개를 숙였다.

애매하다는 눈으로 그녀를 쳐다보던 제갈연이 운현과 천영영에게로 시선을 돌렸다.

"쟤는 왜 저러고 있어? 같이 안 다니고?"

몰라서 하는 말이 아니다. 약간의 질책이 섞인 말투였다.

그러나 운현과 천영영은 그녀의 시선을 피하며 모른 체했다.

그들의 심정을 모르는 바가 아니었던 제갈연이 나직이 한숨을 내쉬었다.

그리고는 무슨 생각이 들었는지 백운설을 향해 걸음을 옮겼다.

　"어? 너 어디 가?"

　운현이 당황한 얼굴로 그녀를 불렀다.

　그러나 제갈연은 걸음을 옮기는 것을 멈추지 않고 기어이 백운설에게 다가갔다.

　그리고는 먼저 공손도를 향해 양손을 모았다.

　"오랜만에 뵙습니다."

　"어? 그, 그래. 무사해서 다행이구나."

　공손도가 조금은 어색한 얼굴로 제갈연의 인사를 받았다.

　그리고는 저도 모르게 슬며시 시선을 돌렸다.

　그러나 애초의 목적은 그가 아니었다.

　제갈연이 백운설을 향해 목소리를 냈다.

　"잘 지냈어?"

　제갈연의 부름에 백운설이 마지못해 고개를 들었다.

　"어? 나, 나야 뭐……."

　제법 수척해진 얼굴에 난처함이 묻어났다.

　그 순간 한 줄기 미풍이 휙 스쳐 지나가더니 모용기가 모습을 드러냈다.

　"어라? 너희들 여기서 뭐 해?"

　"어?"

모용기를 확인한 백운설의 얼굴에 조금은 반색이 돌았다.

그러나 이내 시무룩한 표정으로 고개를 숙이는 백운설이었다.

그 모습을 물끄러미 쳐다보던 제갈연이 모용기에게로 시선을 돌리며 말했다.

"얘기는 다했어요?"

"다했어."

"생각보다 빨리 끝났네요? 중요한 얘긴 것 같던데."

"그냥 말하는 건데 오래 끌 것 뭐 있어? 빨리빨리 끝내는 거지. 근데 너희들은 뭐 하냐고? 얘는 얼굴이 왜 이래?"

모용기가 시무룩한 백운설을 턱짓하며 말했다.

어려운 문제를 자신에게 떠넘기는 모용기를 쳐다보며 제갈연이 입술을 삐죽거렸다.

"다 알면서……."

그녀의 투덜거림에 모용기가 픽 웃음을 보였다.

그리고는 작게 고개를 젓더니 시선을 돌려 떨떠름한 얼굴을 한 채 멀찌감치 떨어져 있는 천영영과 운현을 확인하고는 쩝하고 입맛을 다셨다.

"시간 오래 걸리겠다."

억지로 이어 붙이려면 못할 것도 없지만 그것은 일시적인 봉합일 뿐이다.

시간이 지나면 또다시 벌어질 문제였다.

그러지 않으려면 스스로 해결해야 했다.

제법 시간이 걸릴 일이다.

자신이 나설 일이 아니라는 것을 눈치 챈 모용기가 미련 없이 신형을 돌렸다.

"어? 그냥 가요?"

제갈연의 목소리에 모용기가 고개도 돌리지 않고 대꾸했다.

"나 일 있어."

"일이요? 무슨 일이요?"

"그건 알 것 없고. 나 일 좀 보고 올 테니까."

"그러니까 무슨 일……."

"나중에 얘기해 줄게. 제법 시간이 걸리니까 여기서 사람 들이랑 같이 있어."

"아니, 그러니까 무슨 일……."

"갔다 올게."

그 말을 남긴 모용기의 신형이 한순간 흐릿하게 변했다.

"어? 잠깐……."

제갈연이 급하게 손을 뻗었지만 그녀의 손에 잡히는 것 은 없었다.

대신 모용기가 남긴 잔상이 스르륵 흩어져 내렸다.

"치사하게…… 또 혼자 가지."

제갈연이 얼굴을 찡그리며 투덜거렸다.

어느새 시선을 들어 그 모습을 물끄러미 쳐다보고 있던 백운설이 조심스럽게 목소리를 냈다.

"저기……."

"어? 왜?"

제갈연과 시선을 마주하자 백운설이 잘게 몸을 떨었다.

그러나 이내 얼굴을 바로 하고는 궁금했던 것을 꺼내 들었다.

"사이가 좋아졌네?"

백운설의 말에 제갈연이 고개를 갸웃거렸다.

"사이가 좋아졌다고? 아닌데. 예전이랑 다를 게 없는데."

제갈연은 부정했지만, 그것이 아니라는 것을 알아볼 눈이 백운설에겐 있었다.

예전에는 모용기를 불편해하는 기색이 눈에 보였었다.

그러나 오랜만에 다시 본 제갈연은 어딘가 모르게 그를 편하게 대하는 것만 같았다.

눈에 보이지 않는 작은 변화를 눈치 챈 것이다.

괜히 심란한 마음에 백운설의 눈동자가 작게 흔들리려 했다.

그러나 그것을 잡아 둔 것은 제갈연의 목소리였다.

"그보다, 잘 지냈어?"

"어? 그, 그래."

백운설이 다시 제갈연의 시선을 피했다.

그녀의 모습에 제갈연이 한숨을 내쉬었다.

자신이 내미는 손조차 잡지 못하는 그녀의 모습에 답답함이 느껴졌기 때문이다.

제갈연이 고개를 숙이고 있는 백운설을 내려다보며 모용기와 같은 말을 했다.

"시간 오래 걸리겠다."

모용기가 남경으로 들어섰을 때는 어느새 제법 날이 어두워진 후였다.

그러나 자신이 원하는 시간대는 아니었다.

아직은 조금 더 기다려야 했다.

"궁 근처에서 기다릴까?"

잠깐 고민을 하던 모용기는 이내 고개를 저었다.

틈을 타서 다른 일부터 먼저 처리할 생각이었다.

모용기가 걸음을 돌려 어디론가 향하더니 곧 빈민가들이 몰려 있는 골목으로 접어들었다.

밝을 때도 만만치 않았지만 어둠이 내린 빈민가는 생각보다 더 위험했다.

평범한 사람은 날이 밝으면 시체로 발견되어도 이상한 일이 아닐 정도였다.

그러나 음침한 분위기와는 달리 누구 하나 모용기에게 덤벼드는 이가 없었다.

어둠 속에서 날을 세운 눈으로 그가 이동하는 모습을 쳐다보다가 움직일 때가 되었다 싶으면 하나같이 당황한 얼굴을 하는 이들이 대다수였다.

알게 모르게 열심히 손가락을 튕겨 내던 모용기가 히죽 웃음을 보였다.

"역시 내력이 좋긴 좋네."

예전보다 더 늘어난 내력은 좀처럼 줄어들 기미를 보이지 않았다.

거리를 격하고 상대의 혈을 잡는 손가락 기공은 생각보다 많은 내력을 요구하는 것이라 이전까지는 지금처럼 마구잡이로 쓰기는 무리인 감이 있었다.

그러나 이제는 전혀 부담이 되지 않을 정도였다.

그렇게 연신 손가락을 튕기며 걸음을 옮기던 모용기는 오래지 않아 신의의 장원 앞에 멈춰 섰다.

"어쩌지?"

잠깐 고민을 하던 모용기는 결국 담을 넘기로 했다.

늦은 시각에 굳이 사람들을 깨울 이유가 없었기 때문이다.

모용기가 가볍게 바닥을 찍었다.

한순간 솟구쳐 오른 모용기의 신형이 담을 넘어서자마자 뚝 떨어져 내렸다.

그리고 모용기가 땅에 발을 딛기 무섭게 한 줄기 섬광이 번쩍하며 터져 나왔다.

"웬 놈이냐!"

장철삼이 용케도 모용기의 기척을 잡아낸 것이다.

그러나 모용기는 예상이라도 했다는 듯이 순식간에 제 검을 뽑아 들었다.

모용기의 손에서 장철삼의 그것과 비슷한 섬광이 번쩍 터져 나왔다.

쩡!

쇠붙이끼리 마주치는 소리가 격하게 터져 나왔다.

생각보다 강한 힘에 장철삼의 신형이 휙 돌아갔다.

그러나 장철삼은 당황하기보다는 그 힘을 거부하지 않고 편승하는 방법을 택했다.

장철삼의 신형이 제 창을 따라 한 바퀴 휙 돌아가더니 서너 개의 섬광이 한순간에 터져 나왔다.

그의 빠른 반응에 모용기가 눈을 반짝였다.

"오호. 제법……."

예전보다 한 단계 더 성장한 장철삼의 무공에 모용기가 제법이라는 얼굴을 했다.

그러나 여전히 긴장감을 찾아보기는 어려웠다.

모용기의 검이 장철삼이 뿜어낸 섬광 사이로 스르륵 파고들었다.

좁은 공간 사이를 뱀처럼 스르륵 파고드는 모용기의 검에 장철삼이 얼굴을 찌푸렸다.

"이런……."

이대로는 적의 검에 요혈을 내준다는 것을 어렵지 않게 눈치 챈 것이다.

장철삼이 빠르게 반응하며 한 걸음 물러섰다.

다시 제 거리를 잡으려는 것이다.

그러나 모용기는 그의 의도대로 움직여 주지 않았다.

장철삼이 물러서는 만큼 거리를 좁히는 모용기였다.

끈질기게 따라붙는 그의 검을 물리칠 방법이 없었던 장철삼이 한순간 크게 창을 내저었다.

"합!"

어떻게든 모용기의 검을 떨쳐내야 한다는 것을 본능적으로 눈치 챈 것이다.

제법 내력이 실린 그의 창이 빠지직하며 기파를 뿜어냈다.

그러나 모용기는 여전히 물러서기보다는 거리를 좁히는 것을 선택했다.

창이 지닌 약점을 정확하게 간파하고 있는 것이다.

쩡!

이번에도 격한 소리가 터져 나오며 장철삼의 창이 휙 돌아갔다.

제법 내력을 끌어 올렸음에도 여전히 모용기의 힘을 감당하기가 버거운 것이다.

"젠장!"

그러나 이번에는 이전처럼 모용기의 힘에 편승할 엄두를 내지 못했다.

잠시라도 시선을 떼면 한순간에 목을 내줄 정도로 거리가 가까워진 것이다.

무리라는 것을 알지만 억지로 그의 힘을 거부하며 창을 돌렸다.

안정적으로 흐르던 내력이 조금은 흔들렸는지 그의 입가를 따라 핏줄기가 실선을 그렸다.

그러나 그러한 노력 역시 한순간에 수포로 돌려 버리는 모용기였다.

어느새 그의 검 끝이 장철삼의 목젖에 닿아 있었다.

그것을 허망한 표정으로 내려다보는 장철삼.

모용기가 그제야 목소리를 냈다.

"장 무사, 오랜만."

익숙한 목소리가 들려오자 멍청한 얼굴을 하고 있던 장철삼이 눈을 동그랗게 떴다.

"어? 이 목소리는……."

"나야. 잘 지냈어?"

모용기가 제 검을 거두어들였다.

그제야 모용기를 살필 여유가 생긴 장철삼이 어둠 속에서 안력을 집중해 모용기를 알아보고는 언제 허망하다는 얼굴을 했냐는 듯이 반색을 했다.

"도련님!"

모처럼 만난 덕에 얼굴 가득 화색이 돋아나는 그를 보며 모용기가 픽 웃음을 보였다.

"생각보다 제법인데? 예전보다 많이 늘었어."

빈말이 아니었다.

그리 오래되지 않았음에도 몰라볼 정도로 성장한 그의 무공에 대한 순수한 감탄이었다.

이대로라면 신창이라 불리던 그의 모습을 보여 주는 것에 그리 오랜 시간이 걸리지 않을 것만 같았다.

그러나 장철삼은 쓰게 웃으며 고개를 저었다.

"아직 멀었습니다."

죽어라 노력을 했지만 모용기의 검을 받아 내기는 여전히 무리였다.

오히려 예전보다 더 쉽게 제압당한 것만 같은 느낌이었다.

그가 어떤 심정일지 조금은 알아본 모용기였지만 섣부른

위로는 하지 않았다.

대신 어깨를 뜰썩이며 시선을 돌렸다.

"그런데 할아버지는…… 어라?"

"누구냐!"

"웬 놈이냐!"

아직은 앳된 기가 남아 있는 목소리들이 연거푸 터져 나왔다.

병장기가 부딪히는 소리가 들려오자 임무일과 철소화 등이 순식간에 달려온 것이다.

그러나 장철삼과 같이 무턱대고 달려들기보다는 적을 먼저 살피는 것이 습관이 되어 있던 임무일은 걸음을 멈추며 눈을 동그랗게 떴다.

"어? 너!"

그것은 철소화 역시 마찬가지였다.

"오빠!"

철소화가 반색이 가득한 얼굴로 모용기에게 달려들었다.

툭!

그러나 무언가가 철소화의 이마를 툭 짚으며 그 자리에 멈춰 세웠다.

자신의 이마에 닿은 모용기의 손가락을 확인한 철소화가 얼굴을 찌푸렸다.

"뭐야? 이건 무슨 뜻이야?"

"몰라서 물어? 들러붙지 말라고. 떨어져, 떨어져."

"이 오빠가 진짜!"

손을 휘휘 내젖는 모용기의 모습에 철소화의 눈꼬리가 상큼하게 치켜 올라갔다.

그러나 모용기는 어느새 그녀에게서 관심을 껐다.

대신 오랜만에 마주하는 반가운 얼굴에 공손하게 양손을 모았다.

"오랜만에 뵙습니다."

어둠 속에서 물끄러미 그를 쳐다보고 있던 모용공이 고개를 끄덕였다.

"별 탈 없어 보여 다행이구나. 따라오너라."

모용공이 먼저 신형을 돌렸다.

그리고 그 뒤를 모용기가 뒤따랐다.

멍하니 남겨진 철소화가 뒤늦게 입술을 삐죽거렸다.

"난 보이지도 않는다 이거지?"

차를 홀짝이는 모용기를 물끄러미 쳐다보던 모용공이 그가 찻잔을 내리기가 무섭게 목소리를 냈다.

"대체 어떻게 된 일이냐?"

"예? 뭐가요?"

"몰라서 묻느냐? 네 녀석 말이다. 내력을 잃었었다고 들었는데……."

"아, 그거요? 다시 찾았죠."

별다를 것 없다는 투로 가볍게 말하는 그를 쳐다보며 모용공이 저도 모르게 헛웃음을 터트렸다.

"허…… 그게 지금 말이 된다고 생각하느냐?"

"안 될 건 또 뭡니까? 증거가 여기에 떡하니 있는데."

"그러니까 하는 말이 아니냐. 그게 그렇게 쉬운 일이 아닐 터인데, 대체 어떻게 된 일이냐? 어떻게 되찾은 것이야?"

"영약을 먹었습니다."

"영약?"

모용기의 대꾸에 모용공은 조금은 납득이 간다는 얼굴을 했다.

영약만 있다고 모든 것이 해결되는 것은 아니지만 모용기의 무학이라면 어떻게 가능할 것도 같았기 때문이다.

"그렇구나. 좋은 영약이라도 있다면 가능할 수도 있는 일이지. 소림의 대환단이라도 구했던 것이더냐? 그 정도 영약은 구하기가 어려울 텐데."

"에이 참, 할아버지도. 제가 소림의 대환단을 어디서 구합니까? 그냥 백 년 하수오 먹었는데요."

"그래. 대환단이 구하기가 어렵기는 하지. 그래, 백 년 하수오는 어디서……."

한순간 모용공이 말끝을 흐렸다.

그리고는 눈을 동그랗게 뜨더니 노성을 토해 냈다.

"이놈이! 어디서 거짓말을! 고작 백 년 하수오로 그런 것이 가능하다고!"

확실히 정상적인 경우는 아니었다.

모용공이 믿을 수 없다는 얼굴을 하는 것도 무리는 아니었다.

모용기는 제 할아비를 쳐다보며 침착한 얼굴로 대꾸했다.

"사실입니다."

"믿을 수 없다."

"할아버지께서 믿으시건 안 믿으시건 사실입니다. 제가 할 수 있는 말은 그것밖에 없습니다."

모용기의 담담한 목소리에 모용공이 얼굴을 찌푸렸다.

그리고는 손을 뻗어 제 손자의 손목을 낚아챘다.

"어디 한번 보자꾸나."

가만히 눈을 감으며 모용공이 한 줄기 내력을 뽑아내 모용기에게 흘려보냈다.

다른 이라면 절대로 허용하지 않을 일이었지만 제 할아비라 그런지 순순히 제 내부를 살피게 두는 모용기였다.

그리고 조금 시간이 지난 후 모용공이 이전과는 다른 의미로 눈을 동그랗게 떴다.

"이…… 이 무슨 말도 안 되는……."

예전과는 비교도 되지 않을 수준의 내력의 깊이에 당황한 것이 그대로 느껴지는 얼굴이었다.

모용기가 히죽 웃으며 말했다.

"많이 늘었죠?"

"이, 이놈아! 지금 그게 문제가 아니라…… 대체 뭘 먹고 다니는 게냐? 대체 뭘 먹고 다니길래 얼마 되지도 않은 기간 동안 내력이 이렇게……."

"그러니까 백 년 하수오 하나 먹었다고요. 다른 걸 제가 어떻게 구하겠습니까?"

"그러니까 그게 말이 되냔 말이다. 누가 보면 용이라도 잡아먹은 줄 알겠다, 이놈아."

"제가 용을 어떻게 잡겠습니까? 그건 죽었다 깨도 못하는 거고…… 그보다 할아버지."

고개를 절레절레 젓던 모용기가 한순간 제 할아비에게 은근한 눈길을 보냈다.

무언가 바라는 것이 있는 듯한 그의 눈길에 모용공이 얼굴을 찌푸리며 대꾸했다.

"뭐냐? 원하는 게 무엇이길래 그런 눈빛인 게냐?"

"에이, 아시면서. 혹시 영약 같은 거 가지신 것 없으세요?"

"영약?"

"예. 적당한 것 하나만 있으면 될 것 같은데……."

"그건 어디다 쓰려고?"

"거, 아시면서 뭘 자꾸 물으세요. 당연히 제가 쓰려고 하는 거죠."

"거기서 더 처먹겠다고? 이놈아, 욕심이 과하다. 그러다 배 터져 죽는다."

"안 죽어요. 어느 정도는 더 소화가 가능할 것 같은데요 뭘."

그 정도는 모용공도 충분히 안다.

방금 그의 내부를 살필 때 심맥이 말도 안 되게 단단하게 단련되어 있다는 것을 어렵지 않게 알아본 탓이다.

그러나 모용공은 여전히 고개를 저었다.

"욕심 부리지 말거라. 네 힘으로 얻어 낸 것이 아닌 이상 언제 어떻게 되어도 이상하지 않으니까. 지금 얻은 것에 만족하고 나머지는 네 힘으로……."

"그러기엔 시간이 없습니다."

제 말을 끊는 손자를 쳐다보며 모용공이 얼굴을 찌푸렸다.

그러나 그보다 먼저 호기심이 앞서 나갔다.

"시간이 없다? 그게 무슨 말이냐?"

굳이 모든 것을 다 말할 이유는 없었다.

적당히 필요한 것만 추려 내면 된다.

그리고 그러한 모용기의 생각은 정확히 들어맞았다.

황궁과 사마철에 대한 이야기를 들은 모용공의 안색이 변했기 때문이다.

모용공이 어두운 눈으로 중얼거리듯 말했다.

"궁이 나섰다라……."

평소에는 관심도 없었던 일이다.

이제 와서 고민을 해 본들 마땅한 대응책이 떠오를 리가 없었다.

모용공이 다시 제 손자를 쳐다보며 말했다.

"너는 어떻게 했으면 좋겠느냐?"

"생각하는 것이 있긴 합니다만, 일단은 그 전에 그 사마철이라는 늙은이부터 해결해야 해서…… 그 늙은이를 해결하지 못하면 아예 시작도 못 해 보니까요."

"그렇긴 하지."

모용공이 순순히 고개를 끄덕였다.

그리고는 잠시 무언가를 고민하는 듯하더니 여전히 내키지 않는다는 얼굴로 입을 열었다.

"적당한 영약이 없는 것은 아니다. 예전에 강호를 돌아다닐 때 모아 뒀던 것이 몇 개 남아 있지."

"정말요? 그럼 그……."

그 말에 반색을 하는 모용기였으나, 모용공은 고개를 저어 제 손자의 말을 끊어 냈다.

그리고는 우려가 가득한 얼굴로 제 말을 이어 갔다.

"배 터져 죽는다던 내 말. 그거 빈말이 아니다. 네 녀석의 심맥이 아무리 단단하게 단련되었다 하더라도 결국 네 녀석도 사람이라 감당할 수 있는 것에 한계가 있는 법이니까."

제 할아비의 말이 무슨 의미인지는 모용기 역시 충분히 이해할 수 있었다.

사실 그 부분에 관해서는 제 할아비보다 더 정확하게 꿰뚫고 있는 모용기였다.

"아직 여력이 조금 남았습니다. 그것만 채우고 나머지는 흩어 버릴 생각입니다."

"어려운 일일 터인데…… 가능하겠느냐?"

"가능하도록 해 봐야죠. 적어도 죽지는 않을 것 같으니까요. 그보다 할아버지께서도 이제 여기를 정리하시는 것이 어떻겠습니까?"

말을 돌리는 제 손자를 보며 모용공이 의아하다는 눈을 했다.

"정리하다니? 무슨 말이냐?"

"저들이 할아버지의 존재를 모르겠습니까? 다 알고 있으면서도 모른 체하는 것이겠죠. 아직까지는 자신들에게 도움이 되니까. 그런데 그것도 상황이 변하면 어찌 될지 모르는 일 아니겠습니까? 제 판단으로는 할아버지께서 남경을 떠나시는 것이 좋을 듯싶습니다."

그제야 제 손자의 말을 알아들은 모용공이 어두운 얼굴을 했다.

"남경을 떠난다고?"

"그렇습니다."

"하지만……."

모용공의 얼굴에 망설임이 깃들었다.

그 원인이 무엇인지를 잘 알고 있던 모용기가 다시 말을 꺼냈다.

"할아버지의 손길을 기다리는 이들을 돌보려면 결국은 할아버지께서 살아 계시는 것이 우선 아니겠습니까? 일단은 몸을 낮춰야 합니다. 그래야 훗날을 기약할 수 있으니까요."

그러나 모용공의 얼굴에서는 여전히 망설임이 사라지지 않았다.

제 손자의 말대로 자신의 손길을 기다리는 이들이 눈에 밟힌 탓이다.

모용기가 계속 말을 이었다.

"그리고 할아버지의 손길을 기다리는 이들은 남경뿐만 아니라 다른 곳에도 많습니다. 남경에만 갇혀 있을 것이 아니라 그들도 돌보셔야 하지 않겠습니까? 그들 역시 도움이 절실할 테니까요."

모용공이 끙하고 앓는 소리를 냈다.

"그놈 말은 잘하는구나."

그러나 쉽사리 마음이 움직이지 않는 것은 마찬가지였다.

모용공이 답답하다는 듯이 목소리를 냈다.

"남경을 떠난다라…… 대체 어디로 간단 말이냐? 이 나이 먹고 객지를 떠돌 수도 없는 노릇이고."

"집으로 가면 되지 않습니까?"

기다렸다는 듯이 목소리를 내는 모용기를 쳐다보며 모용공이 눈을 동그랗게 떴다.

"집으로?"

"당연한 것 아니겠습니까? 그럼 어디로 가실 생각이셨습니까? 따로 갈 곳이라도 있으신 겁니까?"

그제야 모용기의 의도가 명확하게 보이는 모용공이었다.

모용공이 헤실거리는 얼굴의 제 손자를 쳐다보며 밉지 않게 눈을 흘겼다.

"영악한 놈."

모처럼 만난 단정순은 개봉에서 헤어졌을 때보다 많이 좋아진 것 같았다.

그러나 겉으로 보이는 것이 전부가 아니다.

모용기가 단정순의 곁에 자리를 잡으며 목소리를 냈다.

"할배, 요즘은 정신을 안 놓는다고?"

어느 순간부터 정신을 놓는 일이 없어진 단정순이었다.

몸이 쇠약해지면 쇠약해질수록 도리어 정신만은 또렷해져 갔다.

그것이 무엇을 의미하는지는 단정순 자신이 가장 잘 알고 있었다.

그러나 단정순은 희미하게 웃으며 고개를 저었다.

"그런 얼굴 할 것 없다. 살 만큼 살았어. 언제 가더라도 이상할 일이 아니지. 더는 미련이 없다."

조금은 체념한 듯한 단정순의 말에 모용기가 얼굴을 찌푸렸다.

"그게 뭔 소리야? 가긴 어딜 간다고? 연아가 대성통곡하는 꼴 보고 싶어?"

"네 녀석이 있지 않느냐? 네 녀석이 보듬어 주면 될 일이다."

"그건 아니지. 내가 보듬어 주는 거랑 할아버지가 보듬어 주는 건 다른 문제야. 안 그래도 그 일 겪고 혈육이랑 연을 끊다시피 했는데…… 그나마 정을 준 게 할아버지잖아. 근데 걔를 두고 어딜 가겠다는 거야? 눈에 밟혀서 갈 수는 있고?"

모용기의 말에 단정순이 쓴웃음을 보였다.

그러나 자신이 원하지 않는다고 해서 해결할 수 있는 문제가 아니었다.

언제 끊어져도 이상하게 느껴지지 않을 정도로 가늘게 이어지고 있는 생명의 끈은 그가 잡아 두고 싶다고 잡아 둘 수 있는 것이 아니었기 때문이다.

단정순이 힘없이 고개를 저으며 말했다.

"네가 잘 보살펴 주거라."

이미 체념한 듯한 그의 목소리에 모용기가 못마땅하다는 얼굴을 했다.

그리고 모용기와 같은 생각을 하던 주원종이 참지 못하고 끼어들었다.

"단가 이놈아, 보살피려면 네놈이 보살펴야지 왜 네 짐을 이 녀석에게 떠넘기는 것이냐? 이 녀석에게 떠넘기지 말고 네놈이 해결하거라."

"그러니까 내 말이. 자기가 할 일을 왜 나한테 넘기냐고요? 본인이 알아서 해야지. 내 일도 바빠 죽겠는데."

모용기가 기다렸다는 듯이 주원종의 말에 맞장구를 쳤다.

합을 맞추며 자신을 타박하는 둘을 보며 단정순은 얼굴을 찌푸리기보다는 이전처럼 희미하게 웃음을 보였다.

그의 생각을 돌리기가 쉽지 않아 보이자 모용기가 한숨을 내쉬며 주원종을 쳐다봤다.

"할배, 소화네 할아버지는 방법이 없대?"

"몰라. 제대로 살피지도 못했으니까. 사위 놈 온다고 오자마자 뛰쳐나갔거든."

"에이 씨. 그 아저씨는 왜 하필 지금 움직여 가지고."

철자강의 얼굴을 떠올리던 모용기가 얼굴을 찌푸렸다.

그리고는 무언가를 곰곰이 생각하는 듯하더니 문득 보여야 할 이가 보이지 않는다는 것에 주목했다.

"어? 그러고 보니까 소문이네 할아버지는? 왜 안 보여? 어디 가셨어?"

같이 있어야 할 당명이 보이지 않았던 탓이다.

주원종이 모용기의 의문에 냉큼 대꾸했다.

"오자마자 유 형님을 모시러 곡으로 향했는데 길이 엇갈렸나 보다. 유 형님께서 모습을 드러내셨는데 그 녀석은 아직인 것을 보면 말이다."

"그래? 언제 갔는데?"

"여기에 오자마자 갔으니까, 이제 곧 도착할 때가 된 것 같은데……."

미간을 좁히며 무언가를 계산하는 듯하는 주원종을 쳐다보며 모용기가 쩝하고 입맛을 다셨다.

"좀 더 기다려야 하나? 그럴 시간 없을 것 같은데……."

혼잣말처럼 중얼거리는 듯한 모용기의 말을 용케 알아들은 단정순이 그에게로 시선을 던지며 질문했다.

"무엇이 말이냐?"

"어? 아무것도 아니야. 할배는 신경 안 써도 돼. 그보다…… 명색이 신의랑 괴의가 만났는데 할아버지 하나 못 고치겠어? 둘이 머리를 맞대면 무슨 수라도 나올 테니까 기다려 보자고. 그렇게 미리 체념해 버리면 될 일도 안 되니까 그런 생각은 하지 말고."

모용기의 말에 단정순이 픽하고 웃음을 흘렸다.

하고 싶은 말은 많았지만 굳이 꺼내 놓을 필요는 없는 말들이었다.

단정순이 고개를 끄덕였다.

"그렇게 하마."

그것이 빈말이라는 것을 어렵지 않게 눈치 챈 모용기는 미간을 좁히다가 결국은 한숨을 내쉬며 말았다.

"내가 말을 말아야지. 일단 그 얘기는 나중에 하도록 하고……."

모용기가 자리에서 벌떡 일어섰다.

주원종이 모용기를 쳐다보며 말했다.

"이놈아, 이 시간에 어디를 가려고?"

봉마곡의 노인들 중 눈치가 가장 빠른 것이 주원종이다.

모용기가 단순히 제 거처로 향하려 몸을 일으킨 것이 아니라는 것을 알아본 것이다.

"잠깐 밖에 좀 나갔다 오려고. 만나야 할 사람이 있거든."

"만나야 할 사람? 이 시간에?"

제대로 된 답을 주지 않는 모용기를 쳐다보며 주원종이 고개를 갸웃거렸다.

모용기가 히죽 웃으며 고개를 끄덕였다.

"금방 올게."

어두운 밤하늘에서 모용기가 뚝 떨어져 내렸다.

황궁을 눈앞에 둔 모용기가 가늘게 눈매를 좁혔다.

"냅다 들어가서 한바탕하고 나와?"

그럴 생각으로 온 것은 아니지만 황궁을 눈앞에 두니 욕심이 생겼다.

황제의 의지를 완전히 꺾어 놓을 수 있을지는 미지수였지만, 지금의 자신이라면 적어도 황궁에서 빠져나올 자신은 있었다.

혹 노도진이 있다 해도 자신을 막아서기는 어려울 것이라 생각하는 그였다.

이미 그의 경지를 뛰어넘었다 생각됐기 때문이다.

그러나 모용기는 이내 그 생각을 접어야만 했다.

"가능하겠나? 나라면 하지 않을 텐데."

어느새 모습을 드러낸 사마철이 주변과 동화된 듯 별다

른 위화감이 드러나지 않는 목소리로 말했다.

"제길."

모용기가 욕설을 내뱉으며 사마철에게 시선을 돌렸다.

사마철은 흥미롭다는 얼굴로 모용기를 아래위로 훑어봤다.

"호오. 벌써 다 채웠나? 그게 그렇게 쉬운 일이 아닐 텐데? 혹 영약이라도 썼나?"

사마철은 모든 것을 다 꿰뚫어 보는 듯한 얼굴이었다.

모용기가 얼굴을 찌푸렸다.

"다 알면서 물어보는 이유가 뭡니까?"

"확인하는 것이지. 짐작은 하더라도 직접 네 입으로 듣는 것이 정확하니까."

"그래서요? 이제 또 빼 갈 겁니까?"

삐딱하게 대꾸하는 모용기를 쳐다보며 사마철이 고개를 모로 틀었다.

"고민 중이다."

"뭐, 뭐요?"

모용기가 주춤거리며 한 걸음 물러섰다.

그리고는 제 검에 손을 가져다 대며 경계를 늦추지 않는 모습이었다.

사마철이 픽 웃으며 말했다.

"쓸데없는 짓은 하지 않는 게 좋아."

"그럼 두 손 놓고 있을까요? 영감님이 내 목을 딸지도 모르는데?"

"경계한다고 달라지나? 마음은 편할지 모르겠군."

그 말에 모용기가 끙하고 앓는 소리를 냈다.

그리고는 고개를 절레절레 젓더니 제 검에서 손을 뗐다.

"그래서, 왜 이런 짓을 하는 겁니까? 나를 되돌린 이유가 뭡니까?"

"궁금한가?"

"당연한 것 아닙니까? 영문도 모르고 끌려왔는데."

"자네에겐 더 좋은 일이 아닌가? 이전에 못 했던 것을 다시 할 수 있게 되었으니까."

"그렇다기엔 골치 아픈 일이 남아서요. 보니까 그걸 해결하도록 내버려 두지도 않을 것 같은데."

모용기가 황궁을 힐끔거렸다.

그의 의도를 알아챈 사마철이 고개를 끄덕였다.

"내가 살아 있다면 불가능한 일이지. 하지만 방법은 있다. 날 죽이면 되는 일이지."

"그걸 지금 말이라고. 순순히 죽어 줄 생각은 없을 것 아닙니까?"

"나도 그러고 싶지만 그럴 수가 없다. 결국 같은 일이 다시 일어날 테니까."

"같은 일이 다시?"

39

의미를 알 수 없는 말에 모용기가 고개를 갸웃거렸다.

그러나 사마철은 자세히 설명해 줄 만큼 친절한 성격은 되지 못했다.

그는 결론부터 꺼내 들었다.

"이전에도 말했지만 이 일을 끝내고 싶다면 네 녀석이 나를 죽이면 된다. 그러면 모든 일이 깔끔하게 해결될 테니까."

"그러니까 그걸 무슨 수로?"

"방법은 이미 충허가 알려 주지 않았나? 내력이 이전보다 더 늘었지?"

사마철의 말에 모용기가 흠칫 몸을 떨었다.

"어? 그러니까……"

얼떨떨한 얼굴을 하는 모용기를 쳐다보며 사마철이 다시 한 번 픽 웃음을 보이며 말했다.

"비워라. 그리고 다시 채워라. 간단한 일이지."

"아니, 그러니까 그게……"

"원래 세상의 이치가 그런 것 아닌가. 올라가서 정점을 찍으면 다시 내려가야 하고. 내려가서 바닥을 치면 다시 올라가야 하고. 내 말이 틀렸나? 사람의 생도 마찬가지 아닌가?"

"아, 아니 그러니까……"

"사람의 생뿐인가? 한 나라의 국운 역시 마찬가지 아닌가?

오를 때가 있으면 반드시 기울 때가 있는 법이고. 기울다 보면 또다시 오르는 법이지. 사람들은 그 과정에 갖가지 이유를 가져다 붙이지만 복잡하게 생각할 필요 없다. 때가 되면 자연스레 그렇게 되는 것이다. 차면 비워야 하는 법이고 비우면 채워야 하는 법이지. 그 과정을 겪으면서 점점 더 단단해지는 법이고."

"저, 저기 그게……."

"너도 한번 잘 생각해 보거라. 평탄하게 올라만 가는 것이 세상에 있더냐? 그런 것은 존재하지 않는다. 모든 것이 오르락내리락하면서……."

"저, 저도 말 좀 합시다! 말 좀!"

제 흥에 취해 말을 쏟아 내는 사마철을 쳐다보며 모용기가 버럭 소리를 질렀다.

제 말을 끊는 모용기를 쳐다보며 사마철이 얼굴을 찌푸렸다.

"내 말에서 느껴지는 것이 없더냐?"

"아니, 그런 걸 물어보기 전에 생각할 틈을 좀 달라고요. 그렇게 막 쏟아 내면…… 딱 봐도 어려운 말 같은데."

미간을 좁힌 채 투덜거리는 모용기를 쳐다보며 사마철이 한숨을 내쉬더니 고개를 저었다.

"아무래도 넌 안 되겠구나."

"네? 뭐가요?"

"이 경지에 오르는 것 말이다. 아무래도 내가 잘못 생각한 것 같은데."

자신이 이렇게까지 풀어서 설명을 해 주면 무언가 반응이 와야 했다.

그러나 모용기는 여전히 별다른 무언가를 느끼지 못하는 듯한 모습이었다.

"차라리 충허에게 이런 것을 알려 줬다면 더 나을 뻔했군."

그러지 못한 것이 무척이나 아쉽게 느껴졌다.

사마철이 마음에 들지 않는다는 얼굴로 모용기를 쳐다봤다.

처음으로 적대감이 느껴지는 듯한 그의 태도에 모용기가 움찔하며 제 검에 손을 가져다 대며 말했다.

"왜, 왜 그렇게 쳐다보는 겁니까?"

"몰라서 묻나? 죽일까, 말까 고민하는 중이다."

"무, 무슨……!"

모용기가 당황한 얼굴로 제 검을 뽑아 들었다.

검면이 달빛을 담아서 은은한 예기를 뿌려 냈다.

그러나 사마철은 여전히 관심이 없는 듯한 얼굴이었다.

"집어넣어라. 쓸데없는 짓은 말고."

"그렇게는 못하겠습니다. 영감님 말대로 별다른 의미 없는 짓인지도 모르겠지만 발버둥은 쳐 봐야 하지 않겠습니까?

짐승들도 제 목숨이 귀한 줄 알고 살려고 발악을 하는데 사람 새끼가 그보다 못해서야 되겠습니까?"

"호오……"

심드렁하던 사마철의 얼굴에 조금은 호기심이 묻어나기 시작했다.

이번에는 마음에 드는 말이었던 것이다.

여전히 제 기준에 미치지 못하는 덜떨어진 놈이라 생각했지만 이대로 끝내기에는 뭔가가 아쉽게 느껴지기 시작했다.

제 앞에서 검을 든 채 날을 세우고 있는 모용기를 물끄러미 쳐다보며 무언가를 고민하는 듯하던 사마철이 결국 고개를 끄덕이며 말했다.

"딱 한 번만 기회를 더 주겠다."

"기, 기회요?"

"그래. 딱 한 번이다. 한 5년이면 되나? 그 정도만 기다려주겠다. 이 말은 이해하겠지?"

이해하기에 어렵지 않은 말이다.

그러나 모용기는 쉽사리 고개를 끄덕이지 못했다.

대답 대신 긴장한 얼굴로 침을 꿀꺽 삼키는 모용기였다.

그런 그를 쳐다보던 사마철이 무언가 재밌는 것이 떠올랐다는 얼굴로 손가락을 딱하고 튕겼다.

"아이들 재롱 보는 것을 순무대전이라 칭하는 것은 너무 거창하지 않나? 그 말에 어울리게 제대로 한번 판을 벌려 보는 것은 어떤가?"

"수, 순무대전?"

"그래. 순무대전. 네 녀석과 나, 단둘만으로는 흥이 살지 않을 테고…… 항상 함께하던 그 두 녀석도 같이 하는 걸로 하지. 마침 도진이 녀석과 천호도 있으니 짝이 맞겠군."

어느새 제 흥에 취한 사마철이 말을 마구 쏟아 냈다.

그러나 모용기는 그것에 함께할 여유가 없었다.

오히려 또 다른 의심이 피어오른 것이다.

"그거 혹시…… 다음 순번으로 명진이나 무한이를 노리는 것은 아니겠지요?"

"그 녀석들도 좋은 재능이지. 천호라는 그 녀석도 마찬가지고. 하나 걱정할 필요는 없다. 다음 순번은 벌써 정해 됐으니까."

"어? 그, 그게 무슨……."

"북방으로 갔는데 제법 싹수가 보이는 녀석이 있더구나. 이미 씨앗을 뿌려 뒀지."

"무, 무슨!"

모용기가 당황한 얼굴로 눈을 동그랗게 떴다.

같은 일이 또다시 반복되리라는 것을 눈치 챈 것이다.

그러나 사마철은 픽 웃으며 고개를 저었다.

"그런 얼굴 할 필요 없다. 네 녀석이 날 죽이면 그걸로 끝이니까. 그걸로 이 일은 매듭을 짓는 것이다."

그 말에 모용기의 얼굴이 조금은 나아졌다.

그러나 모용기는 여전히 답답함이 가득한 얼굴이었다.

사마철을 이길 자신이 여전히 없었던 탓이다.

5년이 아니라 백 년이 흐른대도 쉽지 않은 일이라는 것을 어렵지 않게 알아챈 탓이다.

모용기의 우려를 알아본 사마철이 고개를 저으며 말했다.

"그렇게 걱정하는 얼굴을 할 필요는 없다. 내가 시키는 대로만 하면 어쩌면 네게도 기회가 있을지 모를 일이니까. 비워라. 그리고 다시 채워라. 계속 그것만 하면 될 일이다. 쉽지 않느냐?"

"그게 그렇게 쉬운 일이 아니니까 그렇지요."

"하다 보면 된다. 이해하려 하지 말고 본능적으로 행할 수 있도록 반복하거라. 네 녀석에게는 그것이 맞는 것 같구나."

아무것도 아니란 듯이 말하는 사마철의 말에 모용기가 끙하고 앓는 소리를 냈다.

그리고는 잠시 고민하는가 싶더니 한순간 무슨 생각이 들었는지 고개를 들어 사마철과 시선을 맞췄다.

"한번 해 보겠습니다. 해 보기는 하겠는데……."

모용기가 말끝을 흐리며 황궁을 힐끔거렸다.

그의 의도를 알아들은 사마철이 고개를 끄덕였다.

"5년간은 네 녀석이 신경 쓰지 않도록 해 주겠다. 이제 되었나?"

"후…… 알겠습니다."

한숨을 내쉬며 말하는 모용기를 쳐다보며 사마철이 고개를 끄덕였다.

"알아들은 것 같으니 난 이만 가 보겠다. 내 말 꼭 기억하거라."

"자, 잠시만요!"

신형을 돌리려던 사마철이 모용기의 다급한 음성이 슬쩍 고개만 돌렸다.

"뭔가?"

"제 의문에는 답을 해 주지 않으셨지 않습니까? 왜 저를 되돌린 것인지, 왜 이런 일을 계속하는 것인지. 그리고 어떻게 이런 일이 가능한 것인지."

"알 필요 없다. 알아도 도움이 되지 않을 테니까."

"그럼 저는 아무것도 모르는 체 영감님께 끌려 다니기만 해야 하는 겁니까? 제가 왜 그래야 합니까? 그런 것은 사절입니다. 전 이유를 알아야 하겠습니다."

모용기가 고집이 가득한 눈으로 사마철을 쳐다봤다.

조금도 물러설 것 같지 않은 모용기의 태도에 사마철은

잠깐 고민하는 듯한 얼굴을 했다.

그러나 여전히 결론은 같았다.

"알 필요 없다."

"그러니까 전……!"

"혹시라도 네 녀석이 날 이긴다면 그때 말해 주마. 그렇게만 되면 그 정도는 백 번도 더 설명해 줄 수 있지."

그 말을 끝으로 사마철이 완전히 신형을 돌렸다.

그리고 어느 순간 텅 빈 공간만이 모용기의 눈앞에 펼쳐져 있었다.

모용기가 끙하고 앓는 소리를 냈다.

"이거 진짜 미친 수준인데……."

처음 모습을 드러냈을 때도 그랬지만 사라질 때도 마찬가지였다.

조금도 그의 기척을 잡아낼 수가 없었다.

마치 당연히 그 자리에 있던 것처럼, 당연히 그 자리에 없었던 것처럼, 좀체 잡아낼 수 없는 그의 움직임에 그와 자신의 격차가 어느 정도인지 짐작조차 할 수 없었다.

그러나 모용기는 이내 어금니를 악물며 으르렁거렸다.

"제길. 한 말이 있어서 넋 놓고 목을 내줄 수도 없는 노릇이고…… 비우고 채우라고? 백 번이고 천 번이고 고대로 해 주지."

참룡
회귀록

斬龍回歸錄

85 章.

"가주님, 이제 다 왔습니다."

막수광의 말에 모용소가 웃으며 대꾸했다.

"그렇게 일일이 알려 주시지 않아도 됩니다. 저도 눈이 있으니까요. 그리고 그 예를 차리는 것도 그만두라 하지 않았습니까?"

"그럴 수는 없습니다. 저도 이제는 어엿한 세가의 일원이니까요."

막수광이 단호한 얼굴로 하는 말에 모용소가 난감하다는 얼굴을 했다.

옆에 있던 이심환이 픽 웃으며 모용소를 툭 쳤다.

"내버려 두게. 저 친구가 저러는 게 하루 이틀도 아니고.

51

그러려니 해."

"하지만……."

"하지만이 아니야. 저 친구 말대로 저 친구도 이제 자네 가문의 식솔이 아닌가? 그럼 자네도 받아들여야지."

이심환의 말에 모용소가 끙하고 앓는 소리를 냈다.

여전히 난감함이 가득한 그의 얼굴에 이심환이 절레절레 고개를 저었다.

"같은 피를 이어받았는데 형제가 어찌 이리 다른지."

"또 우리 기아를 말하시는 겁니까?"

"그 녀석 말고 또 누가 있겠는가?"

"누누이 말하지만 우리 기아는 그런 아이가……."

"그런 아이가 아니긴? 내가 직접 보고 겪었대도."

"저 역시 마찬가지입니다. 오히려 기간을 따진다면 제가 더 오래 겪었지요. 이 방주님의 말을 도무지 이해할 수가 없습니다. 우리 기아가 하늘 무서운 줄 모르고 날뛰다니요? 우리 기아는 제법 소심한 편이라 그럴 수가 없습니다."

모용소는 확신이 가득한 얼굴이었다.

이심환이 쯧하고 혀를 찼다.

"이러니저러니 해도 직접 겪어 보는 것이 낫겠지. 순무대전 때는 정무맹에 갈 생각이지?"

"그렇습니다. 그 녀석이 고집을 부려 허락하긴 했지만 홀로 정무맹에 보낸 것이 영 마음에 걸리더군요. 어쨌거나 용

봉관을 수료하는 것이니 그 자리에는 함께해야겠지요. 그 녀석이 순무대전에 참여하는 것은 무리겠지만."

"만약 그런 일이 벌어진다면 못 하는 것이 아니라 안 하는 것일 테지."

"또 그 말입니까?"

"됐네. 그 일이야 자네 눈으로 직접 확인하면 될 테니까. 그보다 어서 가세. 우리 명운이가 눈이 빠져라 기다리고 있을 테니까. 자네 쌍둥이들도 마찬가지일 테고."

이심환이 짧게 고개를 젓고는 휘적휘적 걸음을 옮겨 앞서 나갔다.

제 아이들을 보고 싶은 것은 모용소 역시 같은 마음이었다.

모용소 역시 걸음을 빨리하자 자연히 일행의 이동이 빨라졌다.

그리고 오래지 않아 모용세가의 소성장이 모습을 드러내고, 그 앞에서 자리 잡은 채 재잘거리는 아이들을 확인한 이심환이 부리나케 달려 나갔다.

"명운아! 아비 왔다!"

이심환의 목소리에 세 아이 중 가장 체구가 작은 아이가 고개를 휙 돌렸다.

이제 네댓 살이나 되었을까?

자세히 보면 이심환의 흔적이 드러나는 앳된 얼굴이 환하게 밝아졌다.

"아버지!"

그리고 그것은 이명운과 함께 있던 다른 두 아이 역시 마찬가지였다.

모용인과 모용지 역시 모용소를 확인하고는 환하게 밝아진 얼굴로 이명운의 뒤를 따랐다.

"아버지!"

"아빠!"

"어이쿠! 이 녀석들!"

와락 달려드는 한 쌍의 남아와 여아를 양팔에 안아 든 모용소가 이심환과 비슷한 얼굴을 하고는 두 아이를 번갈아 쳐다보며 말했다.

"잘 지냈느냐? 별일은 없었고?"

"예!"

"잘 지냈어요!"

"그렇다면 다행이구나. 그런데 왜 너희들끼리만 나와 있는 것이냐? 엄마는 어디 갔고?"

"엄마? 엄마는 할아버지들이랑 같이 있는데……."

모용지의 말에 모용소가 고개를 갸웃거렸다.

"할아버지들?"

그 때, 모용인이 고개를 젓고는 모용지를 쳐다보며 말했다.

"아니지. 할아버지가 아니라 증조할아버지지."

"그렇게 치면 그것도 틀렸잖아. 외증조할아버지도 같이 있으니까."

티격태격하는 두 아이들을 보며 모용소는 여전히 영문을 모르겠다는 얼굴이었다.

그 때 제 아들을 안아 든 이심환이 그에게 다가서며 말했다.

"이 녀석들 외가라면 당가가 아닌가?"

"그, 그렇긴 합니다만……."

모용소가 떨떠름한 얼굴로 고개를 끄덕였다.

조금이나마 사정을 알고 있던 이심환은 억지로 웃는 낯을 하며 목소리를 냈다.

"뭐 별일이야 있겠는가? 벌써 세월이 얼만데? 아니지. 이제 다 묻어 두고 받아들이겠다 그러는 것 아닌가 모르겠군. 그편이 훨씬 더 설득력이 있지 않겠나?"

그러나 모용소는 여전히 딱딱한 얼굴 그대로였다.

그럴 생각이었다면 당소혜를 그렇게 모질 게 쫓아내지 않았어야 했다.

모용소가 심각한 얼굴로 움직일 생각을 하지 않자 이심환이 쩝하고 입맛을 다시더니 그의 어깨를 툭하고 쳤다.

"일단 들어가 보세. 무슨 일인지는 알아야……."

그러나 이심환은 끝까지 말을 잊지 못했다.

어디선가 들려온 늙수그레한 목소리들이 그의 말을 잘라냈기 때문이다.

"오호라. 저놈이 기아 놈 형이라고?"

"딱 보면 모르나? 둘이 꼭 빼닮았구만."

"이 할망구가 이제 눈까지 침침한 겨? 어딜 봐서 닮았어? 기아 놈은 계집애처럼 얼굴선이 가는데 저놈은 얼굴선이 굵은 게 딱 봐도 사내답지 않나? 닮긴 뭐가 닮아?"

"이 영감탱이가! 눈매나 콧대를 자세히 보라고. 어딜 봐도 같은 얼굴이구만, 누구보고 눈이 침침하대?"

담장 위에서 들려온 주원종과 팽연옥의 목소리에 모용소가 흠칫 몸을 떨었다.

막수광이 스르륵 신형을 움직이더니 모용소의 앞을 막아섰다.

막수광의 움직임을 알아본 팽연옥이 눈을 반짝였다.

"오호. 저 산적처럼 생긴 놈이 막가 놈인가 보군. 기아 말대로 제법인데?"

"어딜 봐서? 우리가 있다는 것도 알아차리지 못한 멍청인데. 아직 한참 멀었어."

"알아보는 게 더 이상하지. 아이들도 아직까지도 긴가민가하는데 제대로 배운 적도 없는 녀석이 어떻게 그런 것까지 알아채겠어?"

"기아 놈은 하잖아, 기아 놈은."

"영감은 그 녀석이 정상인 걸로 보여?"

팽연옥의 말에 할 말이 없어진 주원종이 끙하고 앓는

소리를 냈다.

그 때, 멍청한 얼굴을 하고 있던 모용소가 양쪽에 안아든 아이들을 내려놓고 막수광을 피해 한 걸음 앞으로 나서며 말했다.

"소성장의 장주 모용소입니다. 두 분은 뉘십니까?"

그러나 두 노인의 대꾸보다 모용인과 모용지의 목소리가 먼저였다.

"할배!"

"할매!"

자신들을 향해 양팔을 뻗는 아이들을 쳐다보던 팽연옥이 얼굴을 찌푸리는가 싶더니 한순간 휙 모습을 감추더니 불쑥 치솟아 오르듯 두 아이의 앞에 모습을 드러냈다.

"어?"

모용소가 당황한 얼굴을 하는 가운데 막수광은 행동이 먼저였다.

반사적으로 제 도를 뽑으려는 막수광.

그러나 이내 모용소와 비슷한 얼굴로 당황한 기색을 보였다.

"어? 이 무슨……."

막수광의 손을 꾹 눌러 도를 뽑지 못하도록 한 주원종이 쯧하고 혀를 찼다.

"넣어 둬. 괜히 소란 피우지 말고."

그 때 이심환의 품에 안겨 있던 이명운이 주원종을 향해
손을 뻗었다.

"할배! 할배!"

"이놈이! 제 아비 품에 안겨 있으면서 나는 왜 찾아?"

"할배! 할배! 안아 줘!"

여전히 자신을 향해 팔을 뻗는 이명운, 그리고 그런 이명
운의 모습에 당황하는 이심환을 물끄러미 쳐다보던 주원종
이 고개를 저었다.

"일 없다, 이놈아. 네 아비 섭섭해하기 전에 아비 품에나
꼭 안겨 있거라."

그리고는 모용인과 모용지를 향해 신형을 돌렸다.

그 때 팽연옥이 흙장난으로 꼬질꼬질해진 두 아이의 옷
을 툭툭 털어 줬다.

"이 녀석들은…… 대체 언제까지 흙구덩이에서 뒹굴 것
이냐? 이제 그만하라니까. 너희 엄마 맨날 빨래하느라 고생
하는 것 안 보여?"

그러나 두 아이는 팽연옥의 손길이 좋은지 여전히 헤실
거릴 뿐이었다.

그런 자신의 아이들을 내려다보며 멍청한 얼굴을 하고
있던 모용소가 이내 고개를 저으며 재빨리 정신을 수습하
려는 찰나, 익숙한 목소리가 소성장 안에서 들려오며 그의
귀를 잡아끌었다.

"인아야. 지아야. 너희들 또 할머니, 할아버지 귀찮게 하는 것 아니지? 엄마가 그러지 말라고…… 어라?"

제 남편의 얼굴을 확인한 당소혜가 눈을 동그랗게 떴다.

그리고 그것은 모용소 역시 마찬가지였다.

잠시 할 말을 잃은 채 멀뚱멀뚱 쳐다만 보고 있는 두 사람.

계속 이어질 듯했던 정적을 깬 것은 뒤늦게 모습을 드러낸 모용공이었다.

모용공이 모용소를 향해 말했다.

"네 녀석이 가주라고?"

"예?"

또다시 처음 마주하는 얼굴에 모용소가 눈을 동그랗게 떴다.

모용공이 못마땅하다는 얼굴로 쯧하고 혀를 차고는 신형을 돌렸다.

"따라오너라. 할 얘기가 많으니까."

"예?"

모용소는 여전히 이해가 가지 않는다는 얼굴로 미동도 하지 않았다.

어느새 곁에 다가선 당소혜가 모용소를 슬며시 밀며 말했다.

"상공, 작은할아버님이세요. 얼른 가 보세요."

"작은할아버님? 난 그, 그런 게······."

여전히 머뭇거리는 모용소를 휙 뒤돌아본 모용공이 버럭 소리를 질렀다.

"이놈아! 냉큼 따라오지 않고 뭣하느냐!"

상황을 이해하는 데 딱 하루가 걸렸다.

알지도 못했던 가문의 어른의 등장에 처음에는 얼떨떨한 기분이었지만, 가만히 생각해 보면 그것이 나쁘지 않다는 것을 어렵지 않게 알 수 있었다.

그 어른이 강호에 명성을 떨친 신의라면 더더욱 그렇다.

신의뿐만이 아니다.

괴의도 있었고 독왕도 있었다.

신공과 권마, 전대 신응교주, 그리고 홍화라 불리던 전대 팽가의 여고수 역시 마찬가지였다.

그들에게 배울 것이 많다 생각했다.

다시금 세가를 일으켜 강호에 우뚝 서고픈 마음은 조금도 없었지만 가문의 성장은 항상 염원하던 것이었다.

적어도 정체되지는 않겠다 생각한 것이다.

황월영에 대해서는 자세히 알지 못했지만 아이들이 좋아하고 식솔들이 좋아하니 그 또한 나쁘지 않다 여겼다.

그러나 그런 생각이 이어진 것은 딱 3일뿐이었다.

하루가 멀다 하고 노인들이 돌아가며 정신을 놓는 바람

에 소성장은 그야말로 전쟁터나 다름없었다.

그것도 정확하게 모용소와 이심환, 막수광만 노리는 노인들이었다.

다른 이들은 정신이 멀쩡한 노인들이 보호해 주지만 세 사람에 관해서는 손을 놓아 버린 탓이다.

오늘도 정신을 놓은 안희명을 간신히 따돌린 모용소가 한쪽 구석에서 낮게 숨을 내쉬며 호흡을 가다듬었다.

거칠어진 숨결이 쇳소리를 내려는 것을 억지로 잡아 두는 것이다.

기감이 탁월한 노인들이 그것을 놓칠 리가 없기 때문이다.

그리고 간신히 호흡을 정리했을 때 막수광이 나직하게 목소리를 냈다.

"가주, 괜찮습니까?"

"괜찮습니다. 그런데 이게 대체 무슨 일인지……."

벌써 보름이나 이어진 일이지만 여전히 적응이 되지 않았다.

가끔 꿈이 아닐까 생각해 보지만 아침마다 온몸이 부서질 듯한 격통은 그것이 꿈이 아니란 것을 생생하게 알려 주고 있었다.

막수광이 한숨을 내쉬며 말했다.

"아무래도 기아 놈 짓인가 봅니다. 그 녀석이 아니면 이런 일을 할 사람이 없으니까요."

"기아가요? 대체 왜?"

모용소는 영문을 모르겠다는 얼굴이었다.

막수광은 어렴풋이 짐작은 갔지만 굳이 대답을 하지 않았다.

대신 다른 말을 했다.

"어르신과 얘기를 나눴다 들었습니다. 기아는 잘 지낸다고 합니까?"

정이라 할 것도 없었지만 그래도 궁금하긴 했던 것이다.

모용소가 고개를 끄덕였다.

"안 그래도 조만간 찾아볼 생각입니다."

"가주께서 찾아보신다면 멀리는 아닐 테고 근처에 있나보군요."

"그렇다고 들었습니다. 3일 정도 거리라고 들었습니다."

"생각보다 가깝군요. 제가 모시겠습니다."

"굳이 그럴 필요는……."

"아닙니다. 가주께서 움직이시는데 제가 보필해야죠. 그리고 그 녀석이 궁금하기도 하고요."

막수광의 말에 모용소가 슬며시 웃음을 보였다.

"그럼 그렇게……."

그러나 모용소는 끝까지 말을 잇지 못했다.

두 사람을 발견한 이심환이 헐레벌떡 달려오고 있었기 때문이다.

"가주! 수광이!"

반색을 하는 이심환과 달리 모용소와 막수광은 동시에 얼굴이 딱딱해졌다.

멀리서 안희명의 짤랑짤랑한 목소리가 뒤따랐기 때문이다.

"형! 형! 나랑 놀자니까!"

모용공을 마주한 모용소는 조심스러운 얼굴을 했다.

벌써 한 달이나 얼굴을 마주하며 시간을 보냈지만 여전히 어려운 것은 마찬가지였다.

특히 모용공은 가문의 어른이라 그 어려움이 더했다.

조금은 소심해 보이는 듯한 그의 모습에 모용공이 못마땅하다는 얼굴로 쯧하고 혀를 찼다.

"가주라는 놈이 대체 그 모습은 뭐냐? 제 집에서 그렇게 주눅이 들어 있는 가주가 어디 있어?"

"어? 그, 그게……"

무언가 변명이라도 해 보려던 모용소는 이내 말꼬리를 흐리고 말았다.

변명은 중요한 것이 아니기 때문이다.

가만히 심호흡을 하며 호흡을 가다듬은 모용소가 모용공을 쳐다보며 목소리를 냈다.

"죄송합니다."

"되었다. 그보다 기아 녀석을 만나러 가겠다고?"

"그렇습니다."

"잘 지내고 있는 놈을 뭐하러? 그냥 내버려 두지 그러느냐?"

"아무래도 걱정이 되어서…… 먼 곳도 아니고 고작 열흘거리인데 얼굴이라도 확인해야 하지 않겠습니까?"

"흐음……."

모용공이 제 수염을 쓰다듬으며 모용소를 쳐다봤다.

모용기와는 전혀 다른 성격이라 정말 같은 피를 이은 것이 맞나 하는 의심도 있었지만, 지금 이 순간만큼은 확실하게 알 수 있었다.

"네놈들 형제가 맞구나."

"예, 예?"

"뺀질뺀질한 게 똑같다는 말이다."

"어? 그, 그게 무슨……."

"무슨 말이긴. 네놈이 노친네들 괴롭힘에 못 견뎌서 도망간다는 것을 내가 모를 줄 알았더냐? 잔머리 굴리는 건 네 동생과 아주 판박이구나."

모용공의 말에 모용소가 끙하고 앓는 소리를 냈다.

그러나 이내 생각을 정리하며 다시 목소리를 내는 모용소였다.

"꼭 그런 이유만은……."

"되었다, 이놈아. 다 저 좋으라고 하는 짓인데 그걸 못 참고……."

"저 좋으라고……?"

"몰라서 그러느냐? 노친네들이 할 짓이 없어서 네 녀석만 쫓아다닐까? 네 녀석은 이상하다는 생각을 해 본 적이 없더냐?"

"어? 그, 그게……."

유독 자신들만 찾아다니는 노인들이었다.

정신이 없는 와중에 미처 파악하지 못했던 부분을 제 할아비가 짚어 주자 뒤늦게 알아차린 모용소였다.

그가 한층 맑아진 눈으로 제 할아비를 쳐다봤다.

"그게 저를 위함이란 말씀이십니까?"

"그걸 이제야 알았단 말이냐?"

"그분들께서 왜 저를……?"

이제까지는 일면식도 없던 이들이었다.

그런 이들이 갑자기 찾아와서 자신을 돌보고 있다는 것이 이해가 되지 않은 것이다.

모용공이 어리둥절한 얼굴을 하는 제 손자의 의문을 풀어 줬다.

"왜긴 왜겠느냐? 기아 녀석이 노친네들에게 신신당부를 한 것이지. 하나뿐인 제 형이 어디 가서 맞고 다니지 않게 해 달라고 말이다."

"기아가 말입니까?"

"그 이유 말고 또 뭐가 있겠느냐? 설마 저 노친네들이 나를 보고 찾아온 것이겠느냐? 나에게 빼먹을 것이 무엇이 있다고?"

그러나 모용소는 여전히 납득이 되지 않는다는 얼굴이었다.

아직은 어리게만 생각되는 제 동생보다 강호에서 명성이 높은 신의가 저들에게 더 이득이 된다 생각한 것이다.

모용소의 생각을 읽은 모용공이 고개를 저으며 말했다.

"되었다. 어차피 네 녀석도 기아 녀석을 한번은 만나야 할 터. 남은 의문은 그 녀석에게 물어보거라. 네 녀석처럼 저들에 대해 아는 것이 많지 않은 것은 나 역시 마찬가지니까."

그 말을 끝으로 모용공이 입을 다물어 버렸다.

무언의 축객령에 아직 의문이 남았던 모용소는 나직이 한숨을 내쉬었다.

그러나 얼른 고개를 젓고는 자리에서 일어섰다.

"그럼 쉬십시오."

"알겠다. 그보다 언제 떠날 생각이냐?"

"내일이라도 출발할 생각입니다."

"마음을 먹은 이상 질질 끌 필요는 없겠지. 알겠다. 다녀오너라."

모용공이 고개를 끄덕이자 모용소는 잠시 망설이는 얼굴을 했다.

모용공이 고개를 갸웃거리며 다시 질문했다.

"왜 그러느냐? 아직 할 말이 남아 있느냐?"

"그것이…… 다른 것이 아니오라, 제가 집을 비우는 동안 잘 보살펴 달라고……."

모용소의 말에 모용공이 픽하며 웃음을 흘렸다.

그의 말에서 자신을 가문의 어른으로 인정한다는 뜻이 담겨 있다는 것을 알아차린 탓이다.

모용공이 고개를 끄덕였다.

"걱정하지 말고 잘 다녀오너라."

소무결이 나뭇등걸에 기댄 채 나태한 눈으로 산 아래를 내려다보며 말했다.

"밥 올 때가 됐는데……."

정주형이 얼굴을 찌푸리며 소무결을 쳐다봤다.

"빌어먹을 거지새끼. 하는 것도 없으면서 맨날 밥 타령이냐?"

"내가 하는 일이 왜 없어? 하루 종일 입에 단내가 나도록 뛰는구만."

"어딜 봐서 네 입에서 단내가 나? 다른 애들 뛰는 거 안 보여? 하다못해 소화도 너보다는 더 뛰거든?"

"그건 생각 없이 뛰는 거고. 제대로 무공 수련을 하려면 나처럼 집중해서 파파팍!"

"집중은 개뿔! 하기 싫어서 억지로 하는 게 눈에 다 보이는구만."

"어딜 봐서?"

"어딜 보긴? 네 얼굴에 다 쓰여 있거든? 기아 자식 나오기만 해 봐라. 내가 이거 그대로 다 전해 준다."

모용기가 거론되자 여태껏 심드렁하던 소무결의 얼굴이 처음으로 변화를 보였다.

"뭔 소리야? 여기서 그 자식이 왜 나와?"

"왜 나오긴? 기아가 굴속에 들어가기 전에 한 말 기억 안 나? 무공 수련 똑바로 하라고 신신당부한 거. 근데 지금 이 꼴이 뭐냐?"

"이 꼴이 뭐? 내가 얼마나 열심히 하고 있는데?"

"어딜 봐서?"

"어딜 보나."

당당하게 대꾸하는 소무결의 뻔뻔한 얼굴을 쳐다보며 정주형이 어이가 없다는 얼굴을 했다.

잠시 할 말을 잃은 듯했던 정주형이 이내 정신을 차리며 고개를 저었다.

"내가 말을 말아야지. 너랑 무슨 말을 하겠냐? 나중에 기아 나오면 그 자식이랑 얘기해라."

"이 자식. 이건 뭐 계집애도 아니고 사내자식이 치사하게 고자질이나 하려고?"

"시끄러. 그런 말도 네 꼴이나 보고 말해. 무당에서 그 꼴을 당하고도 하는 짓이라니…… 다른 애들은 같은 꼴 안 당하겠다고 죽어라 무공을 파는데 넌 지금 뭐 하는 거냐? 진짜 이러고 싶냐? 이건 뭐 변하는 게 없어?"

정주형이 한심하다는 얼굴로 소무결을 쳐다보며 독설을 쏟아 냈다.

그러나 소무결은 여전히 뻔뻔한 얼굴로 어깨를 들썩일 뿐이었다.

"사람이 변하면 그건 죽을 때가 된 거거든. 안 변하는 게 좋아. 난 가늘고 길게 살……."

"시끄러, 이 미친놈아. 내가 말을 말아야지. 평생 그 꼴로 살아라, 거지 자식아."

정주형이 와락 얼굴을 일그러트린 채 자리에서 일어섰다.

거칠게 걸음을 옮기는 그의 뒷모습을 쳐다보며 소무결이 못마땅하다는 듯이 입술을 삐죽거렸다.

"이건 뭐 시어머니도 아니고…… 뭔 놈의 잔소리가……."

딱!

"아야! 어떤 자식이!"

소무결이 뒤통수를 움켜쥐고 고개를 휙 돌렸다.

운현이 한심하다는 눈으로 소무결을 내려다보며 말했다.

"이건 진짜 변하는 게 없어?"

운현을 확인한 소무결이 한숨을 푹 내쉬었다.

"이번엔 또 너냐?"

"또 너냐가 아니라 이제 너도 좀 정신 차려야 되지 않겠어? 주형이가 오죽 답답했으면 저러겠냐? 내가 보기에도 넌 좀 심하다고."

운현의 말에 소무결이 쩝하고 입맛을 다셨다.

그러나 이내 고개를 젓고는 그 자리에 벌렁 드러누워 버리는 소무결이었다.

"나중에. 지금은 하기 싫어."

"이건 진짜 어떻게 생겨먹은 자식이야?"

"어떻게 생겨먹긴? 이렇게 생겨먹었지. 그래도 난 할 때는 한다고. 그러니까 우리 사부가 나 아직도 안 쫓아내고 데리고 있는 거지."

"그건 그냥 신경을 안 쓰시는 거고. 너나 홍 방주님이나 참……."

운현이 고개를 절레절레 소무결의 옆에 엉덩이를 붙였다.

못마땅한 것은 정주형과 마찬가지였지만 그처럼 못 견딜 정도는 아니었던 것이다.

소무결이 제 옆에 자리를 잡은 운현을 힐끔 쳐다보며 말했다.

"왜? 너도 좀 쉬려고? 잘 생각했어. 사람이 좀 쉬기도 해야지. 어떻게 한시도 쉬지 않고 무공만 파고드냐? 그래 봐야 몸만 축난……."

"시끄러. 헛소리는 그만하고."

"그럼? 무슨 할 말이라도 있어?"

"알면서 왜 이래? 대림이 자식 정말 어떻게 해야 하냐? 저거 느려도 너무 느려."

운현이 석대림을 떠올리며 답답하다는 듯한 얼굴을 보였다.

소무결처럼 게으름을 부리는 것도 아닌데 성취가 느려도 너무 느렸다.

처음 만났을 때보다는 많이 나아졌지만 여전히 성에 차지 않았다.

같은 시간 자신들의 성장세와는 비교도 되지 않게 느렸기 때문이다.

그러나 소무결은 여전히 별다른 감흥이 없다는 얼굴이었다.

"느릴 수도 있지. 그거야 사람마다 다른 건데 그렇게 쥐 잡듯이 잡으면……."

"느릴 수도 있지가 아니고. 기아 놈이 신신당부했던 것 기억 안 나? 그 녀석이 굴에서 나왔을 때 대림이가 계속 저 모양이면? 그거 감당할 수 있겠어?"

당연히 감당이 안 된다.

"그래서 어쩌자고? 우리가 기아한테 배운 대로 했다가는 대림이 진짜 죽을지도 모르는데……."

가문에서 배운 것도 많지 않았고 그마저도 늦게 배운 터라 예전의 자신들보다 한참은 부족한 석대림이었다.

자신들이 모용기에게 배운 대로 했다가는 송장을 치를지도 모를 일이다.

"그리고 지금도 밤만 되면 끙끙 앓는 게 다 죽어 가던데……."

나태한 소무결이 보기에도 수련의 강도가 한참 부족해 보였다.

그러나 제 딴에는 하루하루 전쟁을 치루는 듯한 석대림이었다.

밤만 되면 끙끙 앓는 모습에 안쓰러움마저 생길 정도였다.

그래서 조금은 방관하는 듯한 태도를 보이는 소무결이었지만 운현은 그와 달랐다.

"죽기는 무슨. 겨우 이 정도로."

"그러니까 그건 우리 기준……."

"우리 기준, 너네 기준이 어딨어? 다 똑같은 거지. 우린 뭐 봉마곡에서 수준이 높아서 살아남았어? 하다 보니까 된 거지."

소무결이 한숨을 푹 내쉬며 상체를 일으켰다.

"그래서 기어이 갈구겠다?"

"이 자식은 말을 해도 꼭…… 갈구긴 누가 갈궈? 다 저 잘 되라고 하는 짓인데."

"원래 다들 말은 그렇게 하지."

"그런 게 아니라고."

"됐고. 네가 어떤 식으로 대림이를 굴릴지는 모르겠는데 적당히 해. 아니면 진짜 송장 치른다고."

"그러니까 적당히가 되냐고? 내가 배운 게 그런 것들밖에 없는데……."

"그럼 하지 말든가. 그럼 되겠네?"

"시끄러. 뺀질뺀질 빠질 생각만 하지 말고 너도 좀 거들어."

"내가? 내가 뭘?"

소무결이 대번에 귀찮다는 얼굴을 했다.

그러나 운현은 굴하지 않고 말을 이어 나갔다.

"굴리는 건 우리가 할 테니까 네가 옆에서 지켜보라고. 그리고 심하다 싶으면 제지하고."

"그걸 왜 내가……?"

"우리 중에 적당히 하는 건 네가 제일 잘하잖아. 너 아니면 대림이 진짜 죽을지도 모른다고."

그러나 소무결은 여전히 귀찮다는 얼굴이었다.

운현이 한숨을 내쉬며 말을 덧붙였다.

"주형이나 다른 애들이 너 귀찮게 구는 거. 그것도 내가 한번 말해 볼게. 어때?"

"뭐?"

이번에는 조금은 솔깃한 얼굴의 소무결이었다.

운현이 조금은 밝아진 얼굴로 말을 이어 가려는 찰나.

소무결이 한순간 획하고 고개를 돌려 버렸다.

"밥 왔나 본데? 어? 막 씨 아저씨네. 그 옆에는 누구지? 본 적이 있는 것 같은데…… 그 옆에는 또 누구고?"

"이거 영 안 되네."

빛 하나 새어 들어오지 않는 어두컴컴한 동굴 안에서 모용기가 얼굴을 찌푸렸다.

어렵지 않다 생각하고 덤볐던 것이 처음부터 턱 막혔던 탓이다.

그의 단전에 단단하게 자리 잡은 내력은 요지부동이었다.

좀처럼 흩어질 생각을 하지 않았던 것이다.

"망할. 이거 대체 어떻게 해야 흩어 버릴 수 있는 거지?

그냥 막 쓴다고 되는 것도 아니고."

내력을 소모하는 것은 어려운 일이 아니다.

문제는 그렇게 해도 금방 다시 차오르고 만다는 것.

약간의 내력의 증진이 느껴지기는 했지만 티끌 수준에 지나지 않았다.

이전처럼 어마어마한 수준의 증진은 없었던 것이다.

"이거 진짜 골치 아프네. 한번 할아버지들한테 물어볼까?"

경험이 많은 봉마곡의 노인들이라면 혹시나 하는 생각이 들었다.

그러나 그것도 짧은 순간이었을 뿐이다.

"제정신으로 자기 내력을 흩어 버리려는 사람이 있으려고."

일반적으로는 할 수 없는 발상이다.

누구든 내력을 끌어모으려 애를 쓰지 일부러 흩어 버리려고는 하지 않기 때문이다.

거기까지 생각이 이어지자 봉마곡의 노인들이라고 해서 뾰족한 수가 있으리라 여겨지지 않았다.

"약이라도 한번 써 볼까?"

스스로 해결할 수 없다면 인위적인 힘을 빌리는 것도 고려해 볼 만한 일이다.

천하의 신의와 괴의라면 방법이 있을지도 모른다 생각한 것이다.

제 할아비와 유진산을 떠올리며 잠깐 고민하던 모용기가 문득 눈을 빛냈다.

"응? 누구지?"

낯선 기척 세 개가 그의 기감에 걸려든 것이다.

"밥 가지고 왔나? 근데 느낌이 평소랑 다른데?"

이전과는 달리 낯선 기척에서 무공을 익힌 흔적을 잡아 낸 것이다.

어두컴컴한 통로로 시선을 던지며 고개를 갸웃거리던 모용기는 조금 시간이 지난 후에 자리에서 일어서며 엉덩이를 툭툭 털었다.

"계속 붙잡고 있는다고 답이 나오는 것도 아니고 바람이나 쐬고 오자."

동굴에 자리를 잡은 지 두 달이나 지난 후에야 빛을 볼 생각을 한 모용기였다.

어둠에 익숙해진 시선이 어렵지 않게 길을 찾아냈다.

그러나 정작 문제는 동굴 밖으로 나서는 순간이었다.

눈을 때리듯 쏟아져 들어오는 빛에 모용기가 얼굴을 찌푸리며 얼른 눈을 감았다.

"망할! 깜빡했다."

충분히 적응할 시간이 필요하다는 것을 잊은 탓이다.

잠시 눈을 감은 채 그 자리에 멈춰 있던 모용기는 조금 시간이 지난 후에야 슬며시 눈을 뜨기 시작했다.

"이제 살겠네."

동굴에 머물렀던 시간이 길었던 터라 여전히 어색하기는 했지만 조금씩 빛에 익숙해지기 시작한 모용기였다.

주위를 두리번거리며 조금 더 적응할 시간을 가진 모용기는 더는 불편함이 느껴지지 않기 시작했을 때, 그제야 걸음을 옮기기 시작했다.

그러나 다른 이들의 기척이 가까워지면 가까워질수록 얼굴을 찌푸리는 모용기였다.

생각보다 생기가 넘치는 목소리들이 끊임없이 재잘거리는 소리가 들려왔기 때문이다.

"이것들이 하라는 수련은 안 하고."

아무래도 생각을 잘못했다고 느껴졌다.

제법 철이 들기는 했지만 여전히 놀기 좋아하는 나이라는 것을 간과한 것이다.

저들끼리 내버려 둬서는 안 되는 것이었다.

"그렇다고 봉마곡 할배들을 데리고 올 수도 없고."

척박한 산속에서 오랜 시간을 보냈던 이들이다.

소성장에서 지내면서 이제야 사람 냄새가 난다고 좋아하던 모습을 잊을 수가 없었다.

그 탓에 또다시 산으로 가자는 말조차 꺼내기가 어려웠던 것이다.

"게다가 단 씨 할배도 문제고."

신의와 괴의가 한꺼번에 달라붙어서 겨우 명줄을 부여잡고 있는 단정순이었다.

한번 깨진 그릇을 되돌리는 것은 신의와 괴의가 함께한다 해도 무리였던 것이다.

게다가 유진산이라면 몰라도 의술을 베풀기를 좋아하는 모용공이 산으로 들어올 리가 없었다.

이미 환자들로 넘쳐나기 시작한 소성장이 그 증거였다.

"단 씨 할배가 안 움직이면 다른 노친네들도 마찬가지니……."

봉마곡의 노인들을 떠올리며 아쉽다는 얼굴로 입맛을 다시던 모용기는 이내 고개를 젓고 말았다.

봉마곡의 노인들에게 무언가를 기대한다는 것이 더는 무리라는 것을 자신이 가장 잘 알고 있었기 때문이다.

"사람이 염치가 있어야지. 그 생각은 접어 두고…… 저것들은 대체 어떻게 굴려야지?"

황궁과 관련된 일을 말해 준다면 바짝 기합이 들어갈지도 모를 일이다.

그러나 그것은 아무리 생각해도 무리였다.

혈기가 넘치는 녀석들이 무슨 짓을 할지 모르기 때문이다.

"내가 하루 종일 붙어 있을 수 있는 것도 아니고……."

다른 방법을 고민해야 했다.

그리고 그 고민이 이어지는 짧은 순간, 어느새 친구들의 모습이 하나둘씩 시선에 들어오기 시작한 모용기였다.

등을 보이고 있는 낯선 이들을 붙잡고 재잘거리고 있는 그들에게 다가서며 모용기가 짜증이 가득한 목소리로 말했다.

"너희들 지금 뭐 하는 거냐? 하라는 무공 수련은 안 하고 대체 언제까지 노닥거릴 건데? 모처럼 푸닥거리 한 번…… 어라?"

그러나 모용기는 한순간 할 말을 잊은 채 눈을 동그랗게 떴다.

그리운 얼굴이 웃음기를 머금은 채 자신을 쳐다보고 있었기 때문이다.

모용소가 제 동생을 마주한 채 활짝 웃음을 보였다.

"오랜만이구나."

나무를 베어 얼기설기 엮어 놓은 허름한 거처를 둘러보며 신기하다는 눈을 하고 있던 모용소는, 문득 정신을 차리며 제 앞에서 차를 홀짝이고 있는 제 동생을 쳐다봤다.

하고 싶은 말도 많았고 물어볼 것도 많았다.

그러나 많은 말은 필요하지 않았다.

그가 가장 궁금해하는 것들의 대부분을 하나로 엮을 수 있는 질문이 있었기 때문이다.

"잘 지냈느냐?"

제 형의 질문에 모용기가 찻잔을 내리며 어깨를 들썩였다.

"나야 뭐…… 그보다 형은 좀 어때? 잘 지냈어? 별일은 없었고?"

제 형과 같은 질문을 하는 모용기였다.

모용소가 픽 웃음을 보이며 고개를 끄덕였다.

"촌구석의 작은 표국에 별일이 있을 리가 있겠느냐? 쓸데없는 걱정 말고 네 얘기나 해 보거라. 이게 대체 어떻게 된 일이냐? 본가에 찾아온 노인들은 뭐고 저 친구들은 어떻게 여기까지 오게 된 것이냐? 아…… 작은할아버님은 어떻게 찾아서 모시고 온 것이냐? 여기는 또 뭐고? 멀쩡한 집을 놔두고 왜 여기 있어?"

그간 궁금했던 것을 거침없이 쏟아 내기 시작하는 모용소였다.

예전과는 조금 달라진 듯한 제 동생이었지만 큰일은 없어 보이는 모습에 한숨을 돌리고 제 궁금증을 풀어냈던 것이다.

그러나 모용기는 당장은 많은 것을 말해 줄 생각이 없었다.

모용기가 고개를 저었다.

"나중에 말해 줄게."

"나중에?"

"그래. 지금은 좀 그래."

"뭐가 말이냐?"

"그런 게 있어. 그냥 모른 척 좀 해 줘. 지금은 좀 곤란하니까."

"무엇이 곤란하다는 것이냐? 형에게도 말 못 할 만큼……."

"그런 게 있다니까. 일 끝나면 말해 줄게."

"일 끝나면? 언제 끝나는 일인데?"

"글쎄…… 한 5년 정도 후에?"

제 동생의 대구에 모용소가 얼굴을 찌푸렸다.

"그걸 지금 말이라고……."

"어쩔 수 없다니까. 지금은 곤란하다고. 그보다 형은 대체 어떻게 된 일이야? 왜 형이 여기 온 건데? 형은 집 지켜야지?"

"집은 무슨…… 평소에도 잘만 비우고 다녔는데 이제 와서 무슨 일이 있으려고?"

"그때는 지아와 인아가 없을 때였고. 그 꼬맹이들 냅 두고 어딜 돌아다니려고? 그것들 눈에 밟혀서 돌아다닐 수는 있고?"

제 동생의 말에 모용소가 픽 웃음을 보였다.

그 때 모용기가 주위를 두리번거렸다.

"그러고 보니까…… 그 꼬맹이들은 같이 안 온 거야? 올 거면 데리고 오지 그랬어?"

"썩을 놈. 네가 언제부터 두 녀석들을 봤다고 그 아이들을 먼저 찾는 것이냐?"

"그거야 당연한 거 아냐? 얼마 전까지만 해도 맨날 보던 얼굴보다는 귀여운 얼굴 보는 게 더 좋지."

"얼마 전이라고 하기에는 제법 시간이 지난 것 같은데? 한 5년 되었나?"

모용소의 시간으로는 5년이었지만 모용기의 시간으로는 20여 년이 넘었다.

순간순간 울컥거리는 것을 억지로 참고 있는 것뿐이다.

당장 무슨 일이 닥친 것도 아니고 괜한 모습으로 걱정을 끼칠 이유는 없었기 때문이다.

"그게 그거지, 뭐. 새삼스럽게…… 그보다 그 꼬맹들은 진짜 안 온 거야? 오는 김에 데리고 오지 그랬어?"

"다음에 올 때 그렇게 하마. 네가 그 아이들을 찾을 줄은 미처 생각 못 했다."

"예쁘잖아. 아, 맞다. 지아 고 계집애는 꼭 끼고 있어."

"응? 지아가 왜?"

"몰라서 물어? 고 계집애 고거 형수님 꼭 빼다 박은 게 나중에 크면 남자 꽤나 울리겠더라고. 괜히 밖에 내놨다가 엄한 놈이 채 가지 않게 꼭 끼고 살아. 나중에 후회하지 말고."

"쓸데없는 소리. 밖에서 말 돌리는 재주만 늘었구나."

"아닌데. 진심으로 하는 말인데……."

"되었다. 정 곤란하다면 더 질문하지 않으마. 그래도 하나만은 대답해 주면 좋겠다."

"하나만?"

"그래."

"그게 뭔데?"

모용기가 의아함이 깃든 얼굴로 제 형을 쳐다봤다.

제 동생을 시선을 물끄러미 마주하고 있던 모용소가 한순간 시선을 피하며 헛기침을 했다.

"험…… 험…… 다른 것이 아니고."

"다른 게 아니면?"

"그 노인들 말이다. 대체 언제까지 장원에 머무르는 것이냐?"

그제야 모용소의 얼굴을 자세히 살피게 된 모용기였다.

많이 빠지긴 했지만 흐릿한 멍 자국이 완전히 사라지지는 않았다.

그것을 확인한 모용기가 픽하고 웃음을 보이며 말했다.

"안 갈걸?"

"뭐, 뭐?"

제 동생의 말에 모용소가 당황한 얼굴을 했다.

모용기는 제 형의 당황을 모른 체하며 말을 이었다.

"가끔씩 고맙다고 말해. 그분들이 장원에 머무는 것만으로도 어지간한 놈들은 넘보지도 못할 테니까."

"아니, 우리 장원을 넘보는 놈들이 어디 있다고?"

"그리고 많이 배워 둬. 권마나 신응교주, 그리고 독왕한테 배울 기회가 어디 흔한 줄 알아? 다른 사람들 같으면 냅다 절이라도 할 일이라고."

"아니, 그러니까 난 배우고 싶지가……."

그러나 모용기는 제 형의 말을 끝까지 들어 줄 생각이 없었다.

모용기가 자리에서 일어서자 모용소가 그를 올려다보며 말했다.

"내 말 아직 안 끝났다."

"해 봐야 뭐해? 내가 가란다고 갈 분들도 아니고. 괜히 쓸데없는 곳에 힘 빼지 마."

제 동생의 말에 모용소가 끙하고 앓는 소리를 냈다.

그리고는 나직이 한숨을 내쉬더니 다시 제 동생을 올려다보며 말했다.

"어디 가려고?"

"이 방주님이랑 막 씨 아저씨 좀 보려고. 모처럼 보는데

어떻게 지냈나 궁금해서. 대충 듣기는 했는데 본인 입으로
듣는 것과는 또 다르니까. 형도 얼른 나와."

그리고는 미련 없이 신형을 돌리는 모용기였다.

문을 나서는 제 동생의 뒷모습에 모용소가 절레절레 고
개를 저었다.

"정말 많이도 변했구나. 더는 어린애가 아니야."

산을 내려가는 모용소 일행을 물끄러미 내려다보는 모용
기의 옆으로 제갈연이 다가섰다.

"의외네요. 울고불고하지는 않더라도 눈시울 정도는 붉
힐 줄 알았더니……."

모용기의 말을 완전히 믿지는 않더라도 그 상황에서의
모용기의 심정을 충분히 짐작한 제갈연이었다.

그러나 모용기는 고개를 저었다.

"쓸데없이…… 울고불고하는 것보다 같은 일을 다시 겪
지 않는 게 백배는 더 중요하니까."

"그렇긴 하죠. 그래서…… 하던 것은 좀 어때요? 잘하고
있나요?"

제갈연의 말에 모용기가 고개를 저었다.

"어려워. 이럴 줄 알았으면 그 빌어먹을 노친네한테 물어

보기라도 하는 건데."

사마철을 떠올릴 때마다 이를 바득바득 가는 모용기였
다.

그런 이가 아쉬울 정도라면 모용기의 어려움이 어느 정
도일지 대충 짐작이 가는 제갈연이었다.

제갈연이 어두운 얼굴을 하자 모용기가 픽 웃으며 고개
를 저었다.

"그런 얼굴을 할 건 없고. 생각하는 게 있으니까."

"방법이 있나요?"

눈을 반짝이는 제갈연을 쳐다보며 모용기가 고개를 저었
다.

"몰라, 나도. 그래도 시도 정도는 해 보는 게 좋을 것 같
아서……."

"뭔데요, 그게?"

제갈연이 호기심이 가득한 눈으로 모용기를 쳐다봤다.

모용기가 그녀의 시선을 슬그머니 피하며 먼 곳으로 시
선을 뒀다.

"나 산 좀 내려갔다 올게."

항상 가장 먼저 눈을 뜨는 것은 고민우였다.

성실한 것은 혁련강이나 당소문 역시 마찬가지였지만 고민우처럼 동이 트기도 전에 눈을 떠서 움직일 정도는 아니었다.

한 치 앞도 분간하기 어려운 어둠 속에서 잠시 멍한 얼굴을 하던 고민우가 이내 두 눈에 초점을 잡고 주위를 살폈다.

여기저기 옹기종기 모여 잠들어 있는 친구들을 살피던 그는 이내 고개를 갸웃거렸다.

"하나가 비는데?"

숫자 하나가 비었다.

그리고 그것의 주인을 어렵지 않게 알아본 고민우였다.

"연아가 없네? 아직까지 기아와 함께 있나?"

제갈연이 있을 만한 곳은 그곳밖에 없었다.

딱히 걱정할 것은 없겠지만 만에 하나라는 것이 있었다.

고민우가 자리에서 일어서며 부스럭거리는 소리를 내자 당소문이 재깍 반응하며 상체를 일으켰다.

"으하암…… 일찍도 일어난다."

"습관이 돼서…… 너도 마찬가지면서 뭘 그래?"

"너 정도는 아니지. 그보다 어디 가려고? 운기부터 하는 것 아니었나?"

"연아가 없어서 잠깐 찾아보려고."

"연아?"

당소문이 그제야 주위를 살폈다.

고민우와 같은 것을 확인한 그가 다시 고민우를 쳐다보며 말했다.

"기아와 함께 있지 않겠나? 괜히 찾아갔다가 좋은 소리 못 들을 수도 있는데."

"그렇긴 한데, 그래도 확인은 해 봐야지. 만에 하나라는 것이 있으니까."

고민우의 말에 당소문이 고개를 끄덕였다.

그리고는 기지개를 펴며 자리에서 일어서는 당소문이었다.

"나도 같이 가지."

"너도? 굳이 둘이 갈 필요는……."

"기아한테 물어볼 게 있어서 그런다. 요즘 좀 막힌 부분이 있어서."

모용기가 제 스스로 모습을 드러냈을 때가 아니고서는 기회가 없었다.

그리고 이번 기회를 놓치지 않을 생각이었다.

당소문은 문 앞에서 물끄러미 자신을 쳐다보는 고민우를 툭 치며 지나갔다.

"가자."

"어? 그래."

거처 밖으로 먼저 나선 당소문이 주위를 살폈다.

그러나 기척을 잡아내기가 쉽지 않았다.

모용기는 말할 것도 없었고 제갈연 역시 만만하지가 않았기 때문이다.

당소문이 자신을 따라 거처를 나서는 고민우를 돌아보며 말했다.

"어디로 가야 하지?"

"글쎄……."

기척을 잡아내지 못한 것은 고민우 역시 마찬가지였다.

고민우가 잠시 생각을 하는 얼굴을 하다가 이내 제 생각을 밝혔다.

"아무래도 기아가 머물던 동굴로 가 보는 게 낫지 않겠어? 밤이슬 다 맞고 있지는 않을 것 같은데……."

고민우가 저답지 않게 조금은 의미심장한 얼굴로 말했다.

당소문이 픽 웃으며 고개를 저었다.

"연아가 그렇게 호락호락하지는 않지."

"그래도 기아가 덮치면……."

"제 스스로 숨을 끊어 버리려고 할걸? 그건 기아 놈도 잘 알고 있을 테니 그런 짓을 하지도 않을 테고."

"그런가? 그럼 어디로?"

"일단 거기부터 가 보자. 딱히 떠오르는 곳도 없으니까."

"그럴까?"

고민우가 고개를 끄덕이자 당소문이 먼저 앞서서 걸음을 옮겼다.

모용기가 거처하는 곳은 자신들의 거처에서도 제법 거리가 있는 곳으로 지형이 험해 어둠 속에서 위험이 존재했지만 당소문이나 고민우는 더는 그러한 것에는 신경을 쓰지 않았다.

예전보다 부쩍 실력이 늘어 아찔하다 싶을 정도로 험악한 지형에도 거침이 없었다.

오래지 않아 모용기가 거처하는 동굴 앞에 도달한 당소문이 뒤따라오는 고민우를 기다렸다가 고개를 까딱였다.

"들어가자."

"그래."

모용기가 동굴 안에서 제 생각에 갇혀 있을 때에는 워낙 예민하게 굴어서 평소에는 엄두도 내지 못할 일이었지만 이번에는 그런 걱정이 없었다.

그와 함께 있는 제갈연을 믿는 것이다.

그러나 동굴 안으로 걸음을 옮기면 옮길수록 당소문은 의아한 얼굴을 했다.

"기척이……."

여전히 그들의 기척이 잡히지 않았던 탓이다.

모용기라면 몰라도 제갈연이라면 이 정도로 가까워진 거리에서 기척을 잡아내지 못할 리가 없었기 때문이다.

고민우 역시 같은 생각인지 미간을 좁혔다.

"그러네. 여기 없나?"

당소문도 그 부분이 의심스러웠지만 이미 내친걸음이었다.

"일단 가 보자. 가 보고 없으면 다른 곳을 찾아보고."

"그러지. 여기까지 왔는데."

당소문과 고민우가 다시 걸음을 옮겼다.

그리고 오래 지나지 않아 모용기가 항상 가부좌를 틀고 앉아 있던 곳까지 들어선 당소문은 끙하고 앓는 소리를 냈다.

"역시⋯⋯."

예상했던 대로 그들의 모습이 보이지 않았던 탓이다.

당소문이 고민우를 돌아봤다.

"다른 곳을 찾아봐야겠는데?"

그러나 고민우는 반응이 없었다.

당소문이 고개를 갸웃거렸다.

"왜 그래?"

"저기 뭔가 있는 것 같은데?"

그리고는 당소문을 지나쳐 모용기가 항상 있던 그 자리로 다가서는 고민우였다.

허리를 굽혀 무언가를 주워 든 고민우를 쳐다보며 당소문이 질문했다.

"그게 뭔데?"

당소문의 목소리에 고민우가 얼떨떨한 얼굴로 그를 쳐다 봤다.

"서찰?"

"이게 기아 녀석이 남긴 거라고?"

모용기가 남긴 서찰을 읽은 임무일이 미간을 좁혔다.

그것은 다른 이들 역시 마찬가지였다.

운현이 얼굴을 잔뜩 찌푸린 채 짜증스레 목소리를 냈다.

"이건 대체 무슨 생각을 하길래…… 집에 가? 집에 가라 고? 이게 말이나 돼? 뭐가 다 제 마음대로야?"

운현이 투덜거리는 듯한 말에 다들 동의하기라도 하듯이 고개를 끄덕였다.

그중에서도 유독 철소화의 반응이 격렬했다.

"이 오빠가 진짜! 이번에도 연아 언니만 데려가고 난 쏙 빼놓고 갔다 이거지? 뭐 하는 거야 이게?"

다른 부분에서 화가 치미는 철소화였다.

그런 철소화를 힐끔 쳐다본 소무결이 고개를 절레절레 저었다.

"왜? 왜 그렇게 보는 건데?"

"아냐, 아무것도. 그보다 이제 어떻게 해야 하지?"

소무결이 얼른 고개를 젓고는 임무일을 쳐다봤다.

이런 부분에 있어서는 가장 판단력이 좋은 것이 임무일이기 때문이다.

다른 이들이 시선이 모여들자 임무일이 미간을 좁히는가 싶더니 결국에는 고개를 젓고 말았다.

"나라고 뭐 별수 있나? 답이 없는 건 마찬가진데……."

"그러면 기아 말대로 집에 가라고? 그 말 하는 거냐?"

정주형의 목소리에도 짜증이 배어 나왔다.

임무일이 어깨를 들썩였다.

"다른 방법이 있나?"

"뭔 말이야? 우리 무공 수련하려고 모인 거 아니었어? 그럼 무공을 수련해야……."

"그게 제대로 되기는 하고?"

임무일이 툭 던진 말에 정주형이 저도 모르게 입을 다물었다.

다른 이들 역시 마찬가지였다.

다들 무언가에 막힌 듯 좀처럼 나아가지를 못했던 탓이다.

모용기라도 있었다면 물어보기라도 할 테지만 그가 없는 이상 그조차도 불가능했다.

모두가 곤란하다는 얼굴로 침묵을 이어 갈 때, 안은희가 여전히 미련을 버리지 못한 얼굴로 다시 말했다.

"그러면 기아를 기다려 보는 건 어때?"

그녀의 말에 임무일이 다시 고개를 저었다.

"너도 그 녀석 알잖아? 한번 정하면 뒤도 돌아보지 않는다는 거. 우리에게 집으로 가라고 한 건 한동안은 만날 일 없다는 뜻이겠지."

안은희가 정주형이 그랬듯 입을 다물었다.

이번에는 안은희와 비슷하게 미련을 버리지 못한 천영영이 앞으로 나섰다.

"그러면 할아버지, 할머니들께 가는 건? 그분들이라면 가르쳐 주실 게 많잖아. 마침 가깝기도 하고."

그러나 임무일은 이번에도 고개를 저었다.

"은희나 소문이는 제 집안의 어르신들이니 더 배워도 상관없겠지만, 우리는 다르잖아. 더 깊이 들어가려면 우리 무공을 세세하게 보여 줘야 하는데 넌 그게 가능해?"

당연히 불가능했다.

천영영 역시 입을 다물고 말았다.

친구들을 물끄러미 쳐다보고 있던 혁련강이 모두가 입을 다물자 그제야 목소리를 내며 상황을 정리했다.

"아무래도 기아 녀석 말대로 집에 가야겠군."

"하지만……."

"그건……."

안은희와 천영영이 여전히 미련을 떨치지 못한 얼굴로 혁련강을 쳐다봤다.

혁련강이 무언가 대꾸를 하려 입술을 달싹이려 할 때, 조희진이 먼저 나서며 목소리를 냈다.

"이제 충분하잖아. 봉마곡에서부터 요동까지…… 섭섭하긴 하지만 이 정도면 더 바라는 것이 무리가 아닐까? 애초에 우린 섞일 수가 없었는데."

차가우리만치 냉정하게 상황을 짚은 말이었다.

그녀의 말에 이전보다 더 무거운 침묵이 내려앉았다.

먼저 말을 꺼냈던 임무일 역시 마찬가지였다.

그리고 한참이나 지속된 무거운 분위기에 운현이 더는 참지 못하겠다는 듯 엉덩이를 털고 일어섰다.

천영영이 운현을 쳐다보며 말했다.

"어디 가려고?"

"어디긴 어디야? 집에 가려고 하는 거지."

"뭐?"

"그럼 어째? 기아 녀석도 없고, 그렇다고 할배 할매들한테 물어볼 수도 없고. 너희들이랑 뒹굴거린다고 실력이 느는 것도 아니고. 넋 놓고 있을 수는 없잖아. 그런 건 싫다고."

운현의 말에 임무일의 눈동자 역시 덩달아 냉정해졌다.

"운현의 말이 맞다. 여기서 시간 낭비하고 있을 수는 없지. 우리도 그만 돌아가자."

그러나 그 둘과 조희진, 혁련강 정도를 제외하면 누구도 동조하는 말을 하지 않았다.

평소에는 그들보다 차갑다고 느껴지는 고민우나 당소문 조차 마찬가지였다.

다들 쉽게 미련을 놓지 못하는 얼굴로 눈치만 봤다.

그리고는 자연히 철소화에게로 시선을 향했다.

그들의 시선을 한 몸에 받은 철소화가 끙하고 않는 소리 는 내더니 임무일을 쳐다보며 목소리를 냈다.

"오빠 말은 알겠는데…… 그렇다고 이렇게 당장 움직이 는 건 좀…… 며칠 정리할 시간은…….”

그러나 여전히 고개를 젓는 임무일이었다.

"봉마곡을 나왔을 때 경험했잖아. 하루가 이틀이 되고 이 틀이 삼 일이 되는 거. 마음먹었을 때 해치우는 게 좋아. 늦 어지면 늦어질수록 더 힘만 드니까.”

철소화마저 할 말이 없어진 채 입을 다물고 말았다.

임무일이 주위를 돌아보며 마지막으로 목소리를 냈다.

"이제 돌아가자. 희진이 말대로 이 정도면 충분하니까. 그리고 평생 못 보는 것도 아니고. 이제 그만 돌아가자.”

참룡
회귀록

斬龍回歸錄

86 章.

친구들이 머무는 곳과 제법 거리가 멀어졌음에도 걱정이 가득한 얼굴로 연신 뒤를 돌아보는 제갈연이었다.

모용기가 쯧쯧하며 혀를 차며 말했다.

"그렇게 걱정되면 지금이라도 돌아가든가. 그렇게 남으라니까 뭣하러 따라와서는……."

"지금 그런 말을 할 때가 아니잖아요. 공자는 걱정도 안 돼요? 이제 헤어지면 기약도 없는데…… 다들 엄청 서운해 할 텐데……."

제갈연이 남은 이들과 비슷하게 시무룩한 얼굴을 했다.

모용기가 슬며시 얼굴을 찌푸리더니 고개를 저었다.

"하나같이 쓸데없이 정만 많아 가지고."

"그렇게만 말하지 말고……."

"됐어. 기약이 없긴 왜 없어? 당장 5년 후에 순무대전만 해도 서로 얼굴을 마주할 텐데. 뭐가 그렇게 걱정이야?"

"그게 그렇게 단순한 문제가……."

"단순해. 단순하다고. 정 안 되면 숨어서라도 만나면……."

모용기가 한순간 말끝을 흐리며 미간을 좁혔다.

소무결과 임무일이 남의 눈을 피해 속닥거리는 모습을 떠올린 탓이다.

"그건 그것대로 곤란할지도……."

"예? 뭐가요?"

"아냐, 아무것도. 그보다 걱정할 거 없다니까 그러네. 때 되면 다 해결되니까. 그러려면 그 사마철이라는 영감탱이부터 처리해야 한다고. 그러니까 빨리 움직이기나 해."

모용기의 입에서 사마철이라는 이름이 나오자 저도 모르게 얼굴이 딱딱해지는 제갈연이었다.

제갈연이 좀 더 걸음을 빠르게 하며 모용기와 보조를 맞췄다.

그리고 오래지 않아 목표한 곳이 모습을 드러내기 시작했다.

그러나 모용기는 더 걸음을 옮기지 않고 그 자리에 멈춰섰다.

제갈연이 의아하다는 얼굴로 모용기를 쳐다봤다.

"안 들어가요?"

"잠깐 기다려 봐."

모용기가 고개를 젓고는 어딘가를 향해 시선을 던졌다.

그리고 오래지 않아 시커먼 인영이 불쑥 치솟아 오르듯 모습을 드러냈다.

제갈연이 화들짝 놀란 얼굴을 하다가 상대를 확인하고는 화색을 보였다.

"유 씨 할아버지!"

유진산이 제갈연을 쳐다보며 미소를 머금은 얼굴로 고개를 끄덕이고는 모용기에게 시선을 돌릴 때는 잔뜩 굳어진 얼굴이었다.

"나를 부른 것이 네 녀석이었느냐?"

"다 아시면서…… 그럼 연아가 불렀겠어요?"

모용기가 헤실거리면서 말했다.

유진산이 못마땅하다는 듯이 얼굴을 찌푸렸다.

"썩을 놈. 뭐냐? 뭣 때문에 날 부른 것이냐?"

"그게 뭐냐면……."

모용기가 잠시 입을 다물며 주위를 둘러봤다.

이제 곧 동이 틀 시간이다.

굳이 사람들의 눈에 띌 필요는 없었다.

"자리를 옮길까요?"

"굳이 그럴 필요가 있느냐?"

"번거로운 것은 싫거든요."

"네 집이지 않느냐?"

"그래도 번거로운 건 번거로운 거죠."

모용기가 제갈연을 돌아봤다.

"넌 단 씨 할배랑 얘기 좀 해. 못 본 지 꽤 되지 않았어?"

"어? 하, 하지만……."

"갔다 올게."

그 말을 끝으로 모용기의 신형이 스르륵 흩어져 내렸다.

그것은 유진산 역시 마찬가지였다.

"어?"

멍청한 눈으로 그들이 사라진 자리를 쳐다보던 제갈연이
이내 고개를 젓고는 입술을 삐죽거렸다.

"뭐든 다 제멋대로지."

불만이 가득했지만 따라잡을 엄두는 내지 못했다.

모용기와 유진산이 작정하고 움직이자 흔적조차 잡아내
기가 어려웠던 탓이다.

제갈연이 한숨을 푹 내쉬더니 소성장으로 걸음을 옮겼다.

소성장의 대문 앞에서 잠시 망설이던 제갈연은 가만히
고개를 젓더니 대문을 두드리는 대신 바닥을 콕 찍었다.

단숨에 소성장의 담을 뛰어넘은 제갈연이 단정순의 거처
로 방향을 잡았다.

오래지 않아 목적한 곳에 도달한 제갈연이 바닥을 딛는 순간, 익숙한 목소리가 그녀를 잡아챘다.

"누군가 했더니…… 네가 어쩐 일이냐?"

"어?"

제갈연이 재빨리 고개를 돌렸다.

그리고는 동글동글한 주원종의 얼굴을 확인한 그녀가 반색을 했다.

"주 씨 할아버지!"

제갈연의 얼굴에 드러난 반가움을 알아본 주원종이 픽 웃음을 보였다.

그러나 얼른 고개를 저으며 목소리를 냈다.

"네 사부를 보러 온 거냐? 하지만 너무 빠른데……"

그 때 단정순의 거처에서 그의 목소리가 흘러나왔다.

"연아가 왔느냐?"

"어?"

"어라?"

제갈연과 주원종이 동시에 몸을 떨었다.

주원종이 의아하다는 눈으로 단정순의 거처를 쳐다봤다.

"이 인간이 뭘 잘못 먹었나?"

최근에는 아침에 일어나는 것조차 버거워했던 단정순이었다.

그런 이가 벌써부터 눈을 떠서 다른 이의 기척까지 잡아

103

내자 이상하다는 생각이 든 것이다.

그러나 그런 주원종의 의문에도 아랑곳하지 않고 단정순은 방문을 열며 모습을 드러냈다.

제갈연이 반색을 했다.

"사부님."

"왔으면 들어오지 않고."

담담한 얼굴로 말하는 단정순의 옆으로 주원종이 다가서더니 연신 고개를 갸웃거렸다.

"뭐냐? 어떻게 된 일인가?"

"뭐가 말인가?"

"몰라서 물어? 아침에 눈 뜨는 것도 버거워하던 늙은이가……."

그러나 주원종은 끝까지 말을 이을 수가 없었다.

단정순이 고개를 저어 그의 말을 잘라 냈기 때문이다.

"쓸데없는 소리."

그러나 주원종의 두 눈에는 여전히 의구심이 가득했다.

덩달아 조심스러워진 제갈연이 제 사부를 향해 목소리를 냈다.

"저…… 좀 괜찮으세요?"

"보면 모르겠느냐? 많이 좋아졌으니 걱정할 것 없다."

예전과는 달리 얼굴에 혈색마저 도는 그의 모습에 제갈연의 얼굴이 밝아졌다.

"그럼 다행이고요. 제가 얼마나 걱정했는데……."

"걱정은…… 그보다 어쩐 일이냐? 네가 왜 여기에 있어?"

"아, 그게……."

제갈연이 모용기를 따라나섰다는 것을 간략하게 줄여 제 사부에게 설명했다.

그녀의 말을 어렵지 않게 알아들은 단정순이 이내 못마 땅하다는 듯이 얼굴을 찌푸렸다.

"비우고 채운다라…… 정말 빌어먹을 놈이로군."

그의 말에 주원종이 고개를 갸웃거렸다.

"뭐가 말인가?"

"뭐겠나? 내가 말년에나 알아차린 것을 그 녀석은 벌써 깨쳤다는 것이 배 아파서 그러는 것이지. 정말 타고난 놈이 로군."

단정순이 허탈하다는 듯이 한숨을 푹 내쉬었다.

제갈연이 얼른 목소리를 냈다.

"모용 공자가 혼자 깨친 게 아니라 그 노인이……."

"되었다. 뭐가 되었든 결국에는 그 녀석이 알아냈다는 게 중요하지. 그것이 운명 아니겠느냐?"

단정순의 말에 주원종이 은근한 눈으로 그를 쳐다봤다.

"그게 그렇게 중요한 건가?"

예전 같지는 않았지만 여전히 무공에 대한 욕심이 남아 있는 주원종이었다.

더 강해지겠다는 욕심이 아니라 호기심에 가까운 것이다.

그것을 알아본 단정순이 픽 웃음을 흘리며 말했다.

"자네도 한번 해 보게. 제법 재미있을 테니까."

"그렇단 말이지?"

무언가 재미있는 장난감을 발견하기라도 한 듯 눈을 반짝이던 주원종이 한순간 의아하다는 얼굴로 단정순을 쳐다봤다.

"그런데 자네……."

"뭔가?"

"뭐긴 뭐야? 이상해서 그러지. 무덤까지 싸 들고 갈 기세로 무엇 하나 알려 주지 않던 늙은이가 이런 걸 알려 준다는 게."

제 것은 곧 죽어도 내어놓지 않는 단정순이었다.

정신이 맑을 때는 소무결이나 임무일 등에게 이것저것 알려 주던 주원종이나 팽연옥 등과는 달리 항상 입을 꾹 다물었다.

그것은 친우인 주원종이나 항상 믿고 의지하는 유진산에게도 마찬가지였다.

오로지 제 제자인 제갈연만 예외였고 그 외에는 눈길조차 주지 않던 이였다.

그런 이가 처음으로 제 것을 내어놓자 의아함이 생긴 것이다.

그러나 단정순은 이번에도 고개를 저었다.

"이제 변할 때도 되었지. 그보다 연아야."

"예, 사부님."

"그 녀석을 찾아봐야 하지 않겠느냐?"

"예?"

"그 녀석을 찾아봐야지. 그러다 너 버리고 또 혼자 어디론가 사라져 버릴 녀석 아니더냐? 꼭 잡고 있어야지."

"어? 그, 그건……."

단정순의 말에 제갈연이 흠칫 몸을 떨었다.

단정순이 픽 웃음을 흘리며 말을 이었다.

"가 보거라. 가는 길에 다른 늙은이들한테 인사나 하고."

제 사부가 등을 떠밀어도 여전히 망설이는 얼굴의 제갈연이었다.

그녀의 망설임을 알아본 단정순이 재차 말했다.

"얼른 가 보거라. 내 걱정은 하지 말고."

예전이었다면 쉽게 자리를 뜨기가 어려웠을 터다.

그러나 많이 좋아진 단정순의 혈색은 그녀의 부담을 제법 많이 덜어 줬다.

"그, 그럼 또……."

"그래. 또 보자꾸나."

부드럽게 웃음을 머금은 채 고개를 끄덕이는 제 사부를 보며 제갈연이 깊숙이 고개를 숙였다.

그리고는 조금은 다급한 듯한 걸음걸이로 이내 모습을 감추는 제갈연이었다.

주원종이 못마땅하다는 눈으로 그녀가 사라진 자리를 흘겨봤다.

"딸자식 키워 봐야 다 쓸모없었다더니…… 곧 죽어도 제 사부만 찾던 녀석이 저리될 줄 누가 알았겠나?"

주원종의 투덜거림에도 단정순은 그저 웃음만 흘릴 뿐이었다.

그러한 단정순의 모습에서 무언가 이질감을 느낀 주원종이 그를 쳐다보며 재차 질문했다.

"그런데 자네 정말 괜찮나?"

"괜찮대도."

"아닌데. 아무래도 이상한데……."

주원종이 눈을 가늘게 뜨며 그를 살폈다.

단정순이 픽 웃음을 보이더니 걸음을 옮겨 평상으로 다가가더니 엉덩이를 걸쳤다.

그리고는 주원종을 쳐다보며 제 옆자리를 탁탁 쳤다.

"이리 와서 앉게. 그렇게 서 있지만 말고."

"왜? 그러지 말고 들어가서 더 쉬지 않고?"

"충분히 쉬었어. 그리고 지겹도록 쉴 테고. 그러니 이리 와서 앉아 보게. 얘기나 좀 하세."

"얘기? 무슨 얘기?"

주원종이 고개를 갸웃거리며 다가가더니 그의 옆에 자리를 잡았다.

그러나 단정순은 더는 주원종에게 시선을 주지 않았다.

아련하다는 얼굴로 무언가를 한참이나 끄집어내던 단정순은 제법 시간이 지난 후에야 목소리를 냈다.

"자네를 만난 지도 반백년이 되었군."

"벌써 그렇게 되었나? 생각보다 오래도 되었군."

그간 참 많은 일들이 있었다.

주원종 역시 덩달아 아련하다는 얼굴로 많은 것을 끄집어냈다.

그제야 그에게로 시선을 옮겨 그의 얼굴을 물끄러미 쳐다보던 단정순이 툭 던지듯 말했다.

"조금 빨리 만났다면 좋았을 것……."

"응? 무엇이 말인가?"

"자네 말일세. 자네를 조금 더 빨리 만났다면 내가 떠올릴 즐거운 흔적도 조금 더 많이 남았을 것 같다는 생각이 들어서……."

그러나 주원종은 얼굴을 와락 구기며 말했다.

"그 무슨 말도 안 되는! 죽자 사자 쫓아다니면서 그만큼 시비 걸었으면 됐지, 그 짓을 더 했었으면 좋겠다고? 이런 썩을 놈을 봤나?"

주원종은 치가 떨린다는 얼굴이었다.

그리고는 여전히 분이 풀리지 않는다는 얼굴로 그를 쳐다봤다.

"말이 나와서 말인데 나니까 받아 줬지 유 형님이었으면…… 어라?"

단정순에게로 시선을 돌리던 주원종이 흠칫 몸을 떨었다.

가만히 눈을 감은 채 고개를 떨구고 있는 단정순의 모습에서 저도 모르게 불길함을 느낀 것이다.

주원종이 떨리는 손을 그에게로 뻗었다.

"자네……."

그러나 주원종의 손길이 닿자마자 털썩 쓰러지는 단정순이었다.

주원종은 차마 그에게 다가서지 못하고 멍청한 얼굴로, 이제는 편안해 보이는 그의 얼굴을 한참이나 말없이 내려다볼 뿐이었다.

유진산이 미간을 좁히며 말했다.

"그러니까 그 사람이 그렇게 말했다고?"

"그렇습니다."

"채우고 비우라고?"

"그렇다니까요."

"진짜 그렇게 말했다고?"

"몇 번을 말합니까? 그렇다니까요."

모용기의 목소리에는 조금은 짜증이 배어 나왔다.

그것을 알아본 유진산이 저답지 않게 버럭 소리를 질렀다.

"이놈아! 어디서 짜증이야, 짜증이?"

"그거야 할아버지가 자꾸 같은 것만 물어보시니까……."

"물어볼 만하니까 물어보는 것 아니겠느냐? 그분이 네게 그런 말을 했다고? 무엇 하나 남에게 베푸는 법이 없는 그분이 네게? 그걸 지금 나보고 믿으라고?"

"믿건 안 믿건 할아버지께서 알아서 하실 일이지만, 그 노인이 말한 것은 틀림없는 사실입니다."

그 얼굴을 아무리 살펴도 거짓을 말하는 얼굴은 아니었다.

그것을 알아본 유진산이 한숨을 푹 내쉬며 목소리를 냈다.

"목소리를 높인 것은 미안하구나. 내가 아무래도 믿기지가 않아서……."

"괜찮습니다. 그보다 방법이 없겠습니까?"

방법은 있었다.

그러나 몇 가지 걸리는 점이 있었다.

"그것이 효과는 있고?"

"그렇습니다. 내력 증진이 어마어마합니다."

고개를 끄덕이는 모용기를 쳐다보며 유진산이 고개를 끄덕였다.

"그분이 한 말이니 당연한 것이긴 하겠다만……."

유진산의 얼굴에 고민이 생겼다.

그리고 그것을 알아본 모용기가 고개를 갸웃거렸다.

"무슨 문제라도……?"

"당연한 것 아니겠느냐? 인위적으로 내력을 없애는 것이다. 당연히 문제가 있지."

"무슨 문제가……?"

"그건 나도 모르지. 한 번도 해 본 적이 없으니까. 차라리 목을 잘랐으면 잘랐지 그 꼴로 세상에 던져 놓을 정도로 내가 그렇게 독한 인간이 되지는 못했거든."

결국은 불안정하다는 뜻이다.

끙하고 앓는 소리를 내는 모용기를 쳐다보며 유진산이 질문했다.

"그래도 꼭 해야겠느냐?"

"방법이 없으니까요."

"눈을 감으면 될 일이다."

"강호에는 친구들이 많으니까요. 특히 무한이는 절대로 굽히려 하지 않을 겁니다."

제 손자를 언급하자 유진산이 얼굴을 찌푸렸다.

약점을 잡힌 유진산이 마지못해 고개를 끄덕였다.

"알겠다. 그럼 가서 말 좀 해 두고……."

"굳이 그럴 이유는 없을 것 같습니다. 고작 5년인데요. 우리 할아버지도 계시니 다른 어르신들도 걱정할 것 없고요."

모용기의 말에 유진산이 얼굴을 찌푸렸다.

"정 없는 놈."

"굳이 걱정을 끼칠 이유는 없으니까요."

"그게 더 걱정을 끼치는 일이다, 이놈아."

유진산은 여전히 못마땅하다는 얼굴이었다.

그러나 결국은 엉덩이를 툭툭 털며 바위에서 몸을 일으켰다.

"알겠다, 가자. 그런데 갈 곳은 정해 됐고?"

"봉마곡이 좋겠습니다. 안에서 잠가 버리면 누구의 방해도 받지 않을 테니까요."

일리가 있는 말이었다.

유진산이 고개를 끄덕이며 신형을 돌리려다 멈칫하며 모용기를 쳐다봤다.

"왜 그러십니까?"

"한 가지 더 남았다."

"뭐가요?"

"불안정하다 하지 않았더냐. 네 녀석이 어떻게 될지 내가 어떻게 알고? 폭주한다면 이제는 나조차도 감당이 될 것 같지 않아서 말이다."

"그럼……."

유진산이 픽 웃으며 시선을 돌렸다.

멀리서 빠르게 거리를 좁히는 제갈연의 모습이 그의 시야에 들어왔다.

"마침 오는구나."

"비연각주입니다."

"들어오라."

제갈곡의 허락에 연자신이 스르륵 방문을 열고 집무실로 들어섰다.

이제는 머리카락에서 세월의 흔적이 보이기 시작한 제갈곡이 시선을 들어 그를 쳐다봤다.

"무슨 일인가?"

"점창에 일이 생겼습니다."

"점창?"

잠시 고개를 갸웃거리던 제갈곡이 이내 미간을 좁혔다.

"혹시 그……?"

"그렇습니다. 점창의 초 장로가 손을 씻었습니다."

손을 씻는다는 것은 결국 은퇴를 말함이다.

점창의 초진은 연배가 있어서 언제 은퇴를 한다 해도 이상할 일은 아니었지만 그 원인이 문제였다.

"이번에도 그인가?"

"점창에서 쉬쉬하고 있어서 자세한 상황은 알 수 없지만, 초 장로가 은퇴를 하기 전에 젊은 남자가 점창산에 오르는 것을 목격한 이가 있다고 합니다. 아무래도 제갈세가나 공동파와 동일한 상황인 것 같습니다."

연자신의 대꾸에 제갈곡이 골치가 아프다는 얼굴을 하더니 손을 들어 관자놀이를 꾹꾹 눌렀다.

간단한 지압으로 두통을 어느 정도 해소한 제갈곡이 다시 연자신을 쳐다봤다.

"여전히 누군지는 모르고? 점창의 초 장로를 제압할 정도라면 그저 그런 이는 아닐 텐데?"

"인상착의를 듣긴 했지만 딱히 이렇다 할 인물이 떠오르지 않았습니다. 아무래도 자신의 정체를 철저히 감추고 있는 것 같습니다. 면구라든가 변용을 통하면 쉬운 일이니까요."

제갈곡이 납득했다는 얼굴로 고개를 끄덕이며 의자에서 엉덩이를 뗐다.

"어디 가시려고……?"

"홍 방주님께 가 볼 생각이네. 아무래도 쉽게 넘길 부분이 아닌 것 같군. 또 개방의 도움도 요청해야겠고. 자네는 비연각으로 돌아가서 자료를 정리해서 가져오게. 필요하다면 개방에도 넘겨야 할 것 같으니까."

"알겠습니다."

깊숙이 고개를 숙이는 연자신을 말없이 지나친 제갈곡은 곧장 군사전을 나서서 장로원으로 향했다.

이미 홍소천이 정무맹주의 일을 보고 있음이 암암리에 퍼져 있었지만 여전히 장로원에 머물러 있는 그였다.

장로원으로 향하는 도중에 맹주전을 지나치던 제갈곡이 맹주전을 힐끔 쳐다보고는 한숨을 내쉬었다.

진산이 어떤 꼴을 하고 있을지는 굳이 보지 않아도 충분히 짐작이 갔기 때문이다.

예전의 패기는 어디론가 흔적도 없이 사라지고 말 그대로 뒷방 늙은이였다.

조금은 안쓰러운 마음이 들기도 했지만 제갈곡은 어느새 입술을 꼭 다물며 시선을 돌려 버렸다.

자업자득이란 말이 잘 들어맞는 상황이다.

동정할 이유가 전혀 없었고 그래서도 안 됐다.

가급적이면 그가 죽을 때까지 뒷방 늙은이로 머물러 있는 것이 정무맹에 있어서는 이상적인 상황이기 때문이다.

'도가 지나쳤어. 욕심을 조금만 줄였으면 좋았을 것을……'

제갈곡은 더 이상 맹주전에 눈길도 주지 않고 빠르게 걸음을 옮겼다.

그리고는 오래지 않아 장로원에 도착한 제갈곡은 자신을 맞이하려는 무사들과 하인들에게 손을 내젓고는 곧바로 홍소천의 집무실로 향했다.

금세 홍소천의 집무실의 앞에 도착한 제갈곡이 목소리를 가다듬었다.

"방주님. 제갈곡입니다."

"으응? 군사? 들어오게."

제갈곡이 문을 열고 들어서자 예전보다 주름이 더 많아지고 짙어진 홍소천이 눈을 동그랗게 뜨며 그를 쳐다봤다.

"자네가 어쩐 일인가? 이 시간에는 남의 눈에 보이기 싫어 아는 체도 하지 않으면서?"

암암리에 알려진 일이라 해도 대놓고 드러내는 것은 좋지 않았다.

어느 정도는 남의 눈을 피할 필요가 있었다.

그러나 이번에는 상황이 달랐다.

"방주님을 찾지 않은 지 제법 되지 않았습니까? 이 정도는 괜찮으리라 생각합니다. 그리고 아무래도 심상찮아 보이는 일이 하나 있어서……."

"심상찮아 보이는 일? 그게 뭔가?"

홍소천의 질문에 제갈곡이 잠간 생각을 정리하는가 싶더니 이내 제가 준비해 온 말을 풀어내기 시작했다.

그의 말에 끝까지 집중하는 홍소천.

이내 제갈곡이 입을 다물자 홍소천이 미간을 좁히며 그를 쳐다봤다.

"그러니까 제갈과 공동, 그리고 이번엔 점창이다? 이것들이 연관이 있다는 말이지?"

"그렇습니다."

"그런데 비연각을 동원해도 누군지 밝혀내지 못했고?"

"그렇습니다."

제갈곡이 고개를 끄덕이자 홍소천이 와락 얼굴을 찌푸렸다.

"한동안 잠잠하다 했더니, 어떤 놈이 또 설치고 다니는 게야? 혹 그쪽에서 움직였다는 소식은……?"

홍소천의 눈동자에 불안함이 깃들었다.

제갈곡이 가만히 고개를 저으며 그의 불안감을 덜어 줬다.

"그건 아닐 겁니다. 제갈세가나 공동, 점창에서 누가 크게 상했다는 보고는 없었으니까요."

"그런가? 그렇다면 다행이긴 한데…… 그래도 신경이 쓰이기는 하는군. 그 늙은이들도 보통이 아닌데 크게 상하지 않게 하고도 은퇴를 하게 만들었다는 것이…… 생각보다 더 고수인 것 같은데……."

홍소천이 버릇처럼 손가락으로 탁자를 톡톡 두드렸다.

그리고는 제법 시간이 지난 후 생각을 정리하며 제갈곡을 다시 쳐다봤다.

"결국 우리 개방에서 알아봐 달라는 것이겠군?"

"그렇습니다. 아무래도 비연각만으로는 무리가 있어서……."

"알겠네. 그럼 지금껏 조사한 것들을…… 아니, 아니지."

홍소천이 잠깐 고개를 젓더니 문밖을 향해 소리를 냈다.

"거기 누구 있느냐?"

홍소천의 목소리에 거지 하나가 재빨리 모습을 드러냈다.

"부르셨습니까?"

"그래. 가서 무결이 좀 불러오너라."

"소방주 말씀이십니까?"

"그래. 가서 불러오너라."

"알겠습니다."

거지가 재빨리 모습을 감추고 나자 제갈곡이 그제야 홍소천을 쳐다봤다.

"소 공자에게 일을 맡기실 생각이십니까?"

"그렇네. 그 녀석도 이제 움직일 때가 되었지."

"매일 빈둥거리는 것이 꼴 보기 싫어 그러는 것은 아니구요?"

"그런 것도 있지. 빌어먹을 놈. 대체 누구를 닮아 그렇게 게으른 것인지."

못마땅하다는 얼굴로 쯧하고 혀를 차는 홍소천을 보며 제갈곡의 입꼬리가 슬며시 올라갔다.

그러나 이내 떠오른 생각에 얼른 얼굴을 고치고는 조심스럽게 질문했다.

"저…… 혹시 우리 연아의 소식은……."

제갈곡의 질문에 홍소천은 이번에도 쯧하고 혀를 찼다.

"제갈 중에 그나마 사람 같아 보이는 것은 자네밖에 없군. 자네 본가에서는 누구 하나 그 아이를 찾지 않던데……."

홍소천의 말에 제갈곡이 난감하다는 얼굴을 했다.

홍소천이 고개를 저으며 말을 이었다.

"그런 얼굴을 할 건 없고. 그리고 비연각을 동원해서 자네도 알아봤을 테니 답은 알고 있지 않은가? 흔적을 찾는 것이 쉽지 않아."

"그렇습니까?"

제갈곡은 조금은 맥이 빠진 얼굴이었다.

지난 5년간 전 중원을 샅샅이 뒤지다시피 했음에도 여전히 모습을 드러내지 않는 제갈연의 행방에 조금씩 지쳐 가고 있었기 때문이다.

홍소천이 고개를 저었다.

"무결이 말은 자네도 듣지 않았나? 기아 놈과 함께 있을 거라고. 걱정할 것 없네. 때 되면 나타나겠지. 별일 없을 게야."

"그렇겠지요?"

조금은 희망을 보이는 제갈곡의 얼굴에 홍소천이 고개를 끄덕였다.

"당연하지. 자네도 생각해 보게. 모용기 그놈이 어떤 놈인가? 약관이 되기도 전에 조화심 그 친구를 힘으로 눌러 버린 놈이야. 그런 녀석이 옆에 있는데 무슨 일이 있겠는가? 괴의는 또 어떻고? 다시 말하지만 걱정할 것 없네. 자네 조카가 아무 일도 없다는 데 내 방주직을 걸 수도 있네."

가슴을 탕탕 치며 장담하듯 말하는 홍소천이었다.

제갈곡이 조금은 안심한 얼굴로 고개를 끄덕였다.

"감사합니다. 그럼 이만 물러가 보겠습니다."

"벌써? 그러지 말고 차라도 한잔하고 가게."

"아닙니다. 바쁘실 텐데 시간만 뺏는 것 같아서…… 그리고 그 일에 관해서는 소 공자에게 비연각주를 찾아가라 일러두시면 될 것입니다."

"알겠네."

"그럼 이만……."

제 사부를 만나고 정무맹을 나서는 소무결의 옆으로 석대림이 얼른 따라붙었다.

"형님, 무슨 일입니까? 또 게으르다고 혼나고 오신 겁니까?"

소무결이 얼굴을 찌푸리며 석대림을 쳐다봤다.

이미 약관을 넘어서서 앳된 기색을 벗어 내기 시작했지만 동글동글한 눈매는 여전히 장난기로 가득했다.

그 모습이 못마땅했던 소무결은 말보다 손이 먼저였다.

딱!

"아야! 형님, 왜 또 때리시고……."

석대림이 얼얼한 뒤통수를 부여잡고는 울상을 했다.

그러나 소무결은 오히려 더 인상을 긁었다.

"시끄러, 이 자식아. 안 그래도 짜증나 죽겠는데 약 올리는 거냐?"

소무결이 짜증을 내자 석대림이 움찔 몸을 떨며 목을 움츠렸다.

그러나 제 궁금증은 이기지 못하겠는지 눈치를 보면서도 입은 멈추지 않는 석대림이었다.

"또 혼나신 겁니까? 방주님도 어지간하시네. 이제 포기하실 때도 되었는데……."

"차라리 그거면 백배나 더 낫지. 한 귀로 듣고 한 귀로 흘리면 되니까."

"어? 혼나신 게 아닙니까? 그럼 무슨 일로……?"

석대림의 질문에 소무결이 한숨을 푹 내쉬었다.

그러나 이미 엎질러진 물, 되돌릴 방법은 없었다.

소무결이 고개를 절레절레 젓고는 석대림을 쳐다보며 말했다.

"야. 가서 짐 좀 싸라."

"짐이요? 짐은 왜……."

"왜긴 왜야? 개봉 밖으로 나가야 하니까 그런 거지."

"개봉 밖으로 나간다고요? 이렇게 갑자기?"

"왜? 언제는 개봉이 지루하다며? 나가고 싶어 죽겠다며? 소원대로 나가게 됐는데 뭐가 문제야?"

"아니, 그게 아니고 너무 갑작스러워서 그러는 거죠. 그런데 어디로 가는 건데요?"

"그거야 당연히……."

소무결이 한순간 말꼬리를 흐렸다.

그리고는 무언가 고민하는 듯한 얼굴을 했다.

'흔적을 따라가는 건 문제가 아닌데…… 그러다가 마주치기라도 하면? 내가 그걸 감당할 수가 있나?'

어느덧 고수라 불려도 무리가 없을 정도로 성장한 소무결이었지만 점창의 초진은 또 다른 문제였다.

자신이 무조건 진다고 생각되는 건 아니었지만 그렇다고 이길 수 있다고 말하기에도 애매했다.

확실한 것은 초진을 상하지 않게 하고 은퇴시킨다는 것은 지금의 자신으로서는 언강생심이었다.

'누굴 부르지?'

가장 먼저 떠오르는 것은 무당에 머무르고 있는 명진과 철무한이었다.

모용기가 없는 이상 그들이 가장 든든한 조력자였다.

그러나 1년 전부터는 찾아가도 아예 얼굴조차 보여 주지 않는 그들이었기에 그 생각은 접어 둬야 했다.

그다음으로 떠올린 것은 운현이었다.

'운현이 자식은 점창에서 너무 먼데…… 한참 돌아서 가는 건데…….'

거리가 문제였다.

시간이 너무 걸린다.

'소문이는 기아네 집에 있고…… 영영이밖에 없나?'

당소문은 여전히 소성장에 머물며 당명의 지도를 받고 있었다.

거리상 당소문이나 운현이나 거기서 거기였다.

그렇다 보니 쉽게 접근할 수 있는 것은 오로지 천영영뿐이었다.

소무결이 고개를 끄덕이며 석대림을 돌아봤다.

"아미로 가자. 영영이가 그나마…… 어라?"

소무결이 한순간 눈을 동그랗게 떴다.

예상치 못했던 얼굴이 석대림의 곁에서 히죽 웃음을 보이고 있었기 때문이다.

소무결이 여전히 믿기지 않는다는 얼굴로 입을 벙긋거리
며 목소리를 냈다.

"우, 운현이 네가 여길 어떻게⋯⋯? 아니, 그보다 너 정말
운현이 맞아?"

이제는 앳된 티를 완전히 벗어 내고 예전보다 더 날카로
워진 눈매를 지니게 된 운현이 눈매를 가늘게 좁히며 소무
결을 쳐다봤다.

"영영이? 네가 영영이를 왜 찾아? 혹시 너⋯⋯?"

소무결이 자신의 뒤를 따르는 운현을 힐끔 쳐다보며 말
했다.

"그런데 너 괜찮겠어?"

"뭐가?"

"몰라서 물어? 순무대전이 코앞인데 이렇게 싸돌아다녀
도 되겠냐고?"

"뭐가 문제야? 너도 가잖아?"

"나야 순무대전에 별생각이 없어서 그런 거지만, 넌 다
르지 않냐?"

자신 역시 순무대전에 나서긴 할 테지만 예전과는 다르
게 승패에 연연하지는 않았다.

다른 이들이라면 몰라도 임무일이나 혁련강 등을 상대로
그럴 이유가 없다 생각한 것이다.

그러나 운현은 다르다.

상대가 아무리 가까운 이들이라 하더라도 지는 것을 정말 싫어했다.

격차가 제법이라 이미 승패가 정해졌다고 해도 무방했던 명진과의 싸움에서도 지고 나서 사나흘은 이를 부득부득 가는 녀석이다.

그런 운현이 제 시간을 쪼개 자신을 따라나선다니 의아함이 느껴진 것이다.

그러나 그 문제도 생각보다 어렵지는 않았다.

소무결이 눈을 가늘게 뜨며 운현을 쳐다봤다.

"너 이 자식 혹시……."

"뭐가, 또?"

"뭐긴 뭐야? 너 영영이 보러 가는 거지? 어째 순순히 따라나서더라니."

"그게 뭐? 뭐가 잘못됐어?"

"뭐, 인마?"

뻔뻔하게 대꾸하는 운현을 보며 소무결이 황당하다는 얼굴을 했다.

운현이 픽 웃음을 보이더니 소무결의 아래위를 훑었다.

"너도 짝이 생기면 내 말 이해할걸? 그럴 일이 있을까 싶긴 하다만."

"이 자식이 지금 뭐라는 거야? 내가 어때서?"

"몰라서 물어? 내가 꼭 내 입으로 말해 줘야 해? 정신 안 차리면 평생 그 모양 그 꼴일걸? 여자 손 한 번 못 잡아 보고······."

"잡아 봤거든?"

"네가? 누구를?"

"소화."

"소화? 언제?"

"전에 무당에서 내려와서 낙류장의 노친네들한테 쫓길 때."

"에라이, 자식아."

운현이 소무결을 한심하다는 눈으로 쳐다봤다.

그러나 그 눈이 오래가지는 못했다.

당장 중요한 것은 그것이 아니었기 때문이다.

"그보다, 기아나 연아는 연락이 없고?"

"늘 그렇지 뭐."

"썩을······ 이것들은 대체 어디로 숨어 버린 거야? 네 말대로 순무대전도 코앞인데."

"기아 자식이 그런 데 관심이나 있겠냐? 내 입으로 이런 말을 하긴 뭣하다만, 그 녀석 입장에서는 애들 재롱잔치나 다를 바 없을 텐데."

"기아는 그렇다 쳐도 연아는 아니지. 걔는 그래도 욕심 좀 있을 텐데. 집안 문제 꼬인 거 어느 정도 수습이라도 해

127

보려고 시도하려면 뭔가 보여 줘야 하지 않겠어? 그리고…… 우리도 연아 없으면 곤란하다고. 한 자리는 영영이 자리라고 치고 남은 한 자리는 누구한테 맡겨? 연아 말고는 떠오르지가 않는다고."

"운설이 있잖아."

소무결의 대구에 운현이 회의적인 얼굴을 했다.

"운설이…… 걔로 될까?"

"운설이 정도면 충분하지. 너 혹시…… 아직도 운설이한테 감정이 남은 거냐?"

"감정은 무슨…… 남한테 감정 가져서 뭐하냐? 나만 피곤하지."

이제는 전혀 상관이 없는 사람을 언급하는 듯 조금의 감정도 남아 있지 않은 눈이었다.

운현의 생각을 알아차린 소무결이 낮게 한숨을 내쉬더니 다시 운현을 쳐다봤다.

"그럼?"

"몰라서 물어? 우린 짧게나마 같이 다니면서 이것저것 했는데 걔는 그런 게 없었잖아. 이게 생각보다 큰 차이라고. 근데 걔가 소화라면 몰라도 희진이나 은희를 감당할 수 있을까? 난 안 된다고 보는데……."

"흐음……."

운현의 말이 틀리지 않았다.

잠깐 고민하는 얼굴을 하던 소무결은 이내 고개를 젓고
말았다.

"지면 지는 거지 그게 뭐 대수라고. 다른 사람들도 아니
고 무일이 녀석들인데. 쓸데없는 걸로 고민하지 마."

순무대전의 승패가 별것 아니란 투로 대답하는 소무결을
쳐다보며 운현이 헛웃음을 토해 냈다.

잠시 황당하다는 얼굴로 소무결을 쳐다보던 운현은 곧
고개를 끄덕이고 말았다.

"넌 참 한결같다."

아미에 도착한 지 조금 시간이 지나자 천영영이 반색을
하며 모습을 드러냈다.

"무결아. 운현아."

무덤덤한 얼굴로 간단하게 손만 드는 소무결과는 달리
운현은 단번에 자리를 박차고 일어서며 천영영의 손을 잡
았다.

"잘 지냈어? 별일 없었고?"

다른 이들을 대할 때와는 달리 운현의 얼굴에서 반가움
이 뚝뚝 떨어졌다.

천영영이 당황한 얼굴로 손을 빼려 했다.

"왜, 왜 이래? 무결이도 있는데……."

그 때 석대림이 번쩍 손을 들며 말했다.

"누님, 저도 있는데요."

"어? 어, 그래. 오랜만이네."

천영영이 얼른 손을 빼며 석대림을 쳐다봤다.

운현이 아쉽다는 얼굴로 그녀의 뒤를 따랐다.

일행의 앞에 자리를 잡은 천영영이 소무결을 쳐다보며
말했다.

"그런데 어쩐 일이야? 너희들이 사천까지 내려오고?"

"그게 무슨 일이냐면……."

소무결이 자신들이 사천까지 내려온 용무를 설명했다.

가만히 듣고 있던 천영영이 심각한 얼굴을 했다.

옆에서 천영영의 얼굴을 뚫어져라 쳐다보며 히죽거리고
있던 운현이 고개를 갸웃거렸다.

"왜? 무슨 문제 있어? 너 아직도 못 나가게 하는 거야?"

"아니, 그건 아니고……."

"그럼 왜 그런 얼굴인데?"

"그게…… 우리가 움직인다 해서 저들을 찾을 수 있을지
의문이니까 그렇지. 종잡을 수 없이 움직인다며? 제갈, 공
동, 점창. 그다음이 어딜지 어떻게 알고?"

뒤늦게 그 점이 떠오른 운현이었다.

운현이 소무결을 쳐다보며 말했다.

"그러고 보니까…… 다음이 아미일 수도 있는 거네? 차라리 움직이지 말고 여기서 기다리는 게 낫지 않아?"

소무결이 샐쭉한 눈으로 운현을 흘겨봤다.

"벌써 처갓집 걱정하는 거냐?"

"뭔 소리야? 그냥 상황이 그러니까……."

"됐고. 내가 아무 생각도 없이 움직이자고 한 줄 알아? 다 알아봤으니까 하는 말이지."

"다 알아봤다고? 누군지 모른다면서?"

"그거야 그렇지."

"그런데 어떻게……?"

"오는 길에 알아보니까 증가보랑 초당도 당했더라고. 쉬쉬하고 있어서 알아내기가 쉽지 않았는데 다른 곳도 아니고 우리 개방한테 무언가를 숨기기는 쉽지 않지."

소무결의 콧대가 조금 올라갔다.

운현이 픽 웃으며 다시 말했다.

"그래, 그래. 너 잘났으니까 결론이나 말해."

"썩을 놈."

소무결이 얼굴을 찡그렸다.

그러나 곧 고개를 젓고는 다시 말을 이었다.

"너도 생각 좀 해 봐. 점창에서 시작해서 증가보, 초당. 다음이 어디겠냐?"

"다음……?"

운현은 여전히 어리둥절한 얼굴을 했다.

그러나 근처의 지리에 밝았던 천영영은 달랐다.

천영영이 손뼉을 짝 치며 말했다.

"청성!"

소무결이 히죽 웃음을 보이며 고개를 끄덕였다.

"맞아. 거기 말고 또 있겠어?"

뒤늦게 같은 것을 알아본 운현이 고개를 끄덕이며 말했다.

"그러네. 방향이 딱 거기네. 그럼 이제 청성으로 가면 되겠네? 이럴 게 아니라 얼른 가자."

운현이 당장이라도 움직이겠다는 듯 자리를 박차고 일어섰다.

그러나 천영영은 망설임이 남아 있었다.

"야, 잠깐만……."

"왜? 무슨 문제라도 있어?"

"몰라서 물어? 다른 곳도 아니고 청성이라고. 거긴 이청강 장로 본문인데……."

이청강과는 얽힌 것이 제법 많았다.

영 껄끄러운 곳이었다.

비로소 어려움이 느껴진 운현이 난감한 얼굴로 소무결을 쳐다봤다.

"야, 괜찮겠어?"

"뭐 어때? 어차피 이청강 장로는 정무맹에서의 일로 쫓겨났다고 들었는데."

"그렇긴 한데…… 그래도 자기들 사람이었는데 우리를 반겨 줄까? 어쩌면 우리 탓이라고 생각할지도 모르는데."

"그렇긴 하지. 그래도 거긴 진성이도 있고, 정 안되면 숨어서 보면 되는 거고. 방법은 많으니까 걱정할 것 없어."

소무결이 별것 아니란 투로 대꾸했다.

그러나 천영영과 운현의 얼굴에는 여전히 껄끄러움이 남아 있었다.

소무결은 둘의 난처함을 모른 체하며 자리에서 일어섰다.

"껄끄러운 건 나도 마찬가지거든? 근데 어쩌겠어? 알아볼 건 알아봐야지."

소무결의 말에 운현과 천영영이 눈을 마주치더니 동시에 고개를 끄덕였다.

"그, 그럼……?"

"알았어. 난 사부님께 가서 허락을 받아서 올게. 오래 걸리진 않을 거야."

청성의 장문인 양요가 자리를 채운 장로들을 돌아보며 제 손 안의 서신을 흔들며 말했다.

"아무래도…… 이번에는 우리 청성의 차례인 것 같소이다."

제아무리 도문이라도 무작정 세상사에 귀를 틀어막진 않는다.

그것이 강호의 일이라면 더 그렇다.

별다른 설명이 없음에도 양요가 말하는 바를 알아들은 것은 당연한 일이다.

서신의 내용을 어렴풋이 짐작한 이들이 심각한 얼굴로 양요를 쳐다볼 때, 청성의 외원을 맡고 있는 이대암이 먼저 목소리를 냈다.

"누구에게 도전하는 것입니까?"

가장 중요한 문제였다.

얼핏 짐작이 가긴 했지만 이런 것은 확실한 것이 좋았다.

혹시나 하는 기대감도 실려 있었다.

그러나 어두워지는 양요의 얼굴을 확인한 이대암은 절로 새어 나오는 한숨을 막지 못했다.

"역시…… 마 사백께 도전하는 것입니까?"

양요는 대답 대신 가장 상석에 자리 잡고 있는, 티끌 하나 없을 정도로 새하얀 백발이 인상적인 노인을 쳐다봤다.

가장 어른이자 청성이 자랑하는 팔비신검 마동이었다.

양요의 눈빛을 받은 마동은 슬며시 웃으며 고개를 끄덕였다.

"이 늙은이를 지목했다면 고마운 일이지. 그만큼 이 늙은이를 높게 봐준다는 것 아니겠나?"

"하지만 사백……."

"장문인. 그럴 것 없네. 어차피 피하지도 못할 일 아닌가? 이미 말했다시피 오히려 고마운 일이지 않은가? 죽기 전에 가진 것을 원 없이 쏟아 볼 수 있으니까 말일세. 난 오히려 그가 언제 올지 기다려지는군."

마동은 진심으로 기대로 가득한 얼굴이었다.

그러나 양요는 얼굴에서 우려를 지워 내지 못했다.

"하지만 사백께서 잘못되시면……."

"장문인이 무엇을 걱정하는지 잘 아네. 그러나 그럴 것 없네. 이미 내가 가진 것은 진성이에게 다 물려주었으니까. 아직은 조금 부족한 점이 있긴 하지만 시간이 지나면 다 깨칠 걸세. 그리고 보니 참 다행이군. 이런 일이 벌어지기 전에 진성이 같은 기재를 알아보았다는 것이 말이야. 앞으로는 그 아이가 청성을 대표하게 될 걸세."

마동이 주진성을 언급하며 양요의 우려를 덜어 주려 했다.

그러나 양요의 얼굴은 쉽게 가라앉지 않았다.

"하지만 사백께서 잘못되시면……."

그러나 마동은 대수롭지 않다는 얼굴로 대꾸했다.

"이미 죽을 날만 받아 놓고 지내는 노인네가 잘못된다 해서 뭐가 그리 큰일이라고."

"사백!"

"그럴 것 없네. 그냥 해 본 말이니까. 장문인은 내가 그리 쉽게 당할 거라고 생각하는가?"

"당연히 아닙니다."

"그렇지. 자네들이 이제는 잊고 살았을지도 모르겠지만 나 마동일세. 팔비신검 마동. 나이를 먹었다 해도 추태를 보일 일은 없으니 걱정하지 말게."

별달리 소리를 높이지는 않았지만 그 안에 실린 내력은 세월의 단단함을 느끼게 만들었다.

그것을 알아차린 양요는 비로소 조금은 편해진 얼굴로 고개를 끄덕였다.

"그럼 사백만 믿겠……."

"장문인!"

문밖에서 자신을 찾는 목소리에 제 말이 잘린 양요가 얼굴을 찌푸렸다.

그러나 마동은 어느새 환한 얼굴로 목소리가 들려온 곳으로 시선을 돌렸다.

"진성이구나. 들어오라."

마동의 허락에 스르륵 문이 열리더니 주진성이 모습을 드러냈다.

단정한 모습으로 어른들에게 예를 올린 주진성이 양요를 쳐다보며 말했다.

"장문인."

"왜 그러느냐? 무슨 일이 있는 것이냐?"

양요의 질문에 주진성이 조금은 곤란하다는 얼굴을 했다.

그러나 어른들을 앞에 두고 마냥 시간을 끌 수도 없는 노릇이다.

주진성이 조심스러운 얼굴로 목소리를 냈다.

"그. 그게…… 제 친우들이 찾아와서 사조님을 뵙겠다고……"

참룡
회귀록

斬龍
回歸
錄

87 章.

노소정에 오른 소무결이 주위를 휙 둘러봤다.

"이야, 공기 좋은데?"

단순히 숨을 들이켜고 내쉬는 것만으로도 상쾌해지는 느낌이었다.

곤륜과는 또 다른 느낌에 운현 역시 고개를 끄덕였다.

"그러게. 서늘한 게 속까지 깨끗해지는 것 같은데?"

천영영은 아쉽다는 얼굴을 했다.

"낮에 왔으면 좋았을걸. 경치도 좋을 것 같은데……."

운현이 그녀의 곁으로 냉큼 달라붙었다.

"그럼 좀 더 머물렀다가 갈까? 어차피 이 일 끝나면 급할 것도 없는데 맛있는 것도 먹고, 경치 구경도 하고……."

그의 말에 천영영이 솔깃한 얼굴을 했다.

그 때 주진성이 운현의 등을 짝하고 쳤다.

"이 자식. 이게 뭐 하는 짓이야?"

"너야말로 뭐 하는 짓이야? 노소정은 우리 청성의 성지라고! 너네들 사랑놀이나 하라고 열어 준 줄 알아?"

"그래 봐야 봉우리 중 하나 아냐? 호들갑은……."

"시끄러. 내가 곤륜에 가서 너처럼 해 볼까? 넌 참을 수 있겠어?"

주진성의 말에 운현이 픽하고 웃음을 보였다.

약간의 비웃음이 섞였다는 것을 알아챈 주진성이 얼굴을 찌푸리며 다시 말했다.

"뭐야? 왜 그렇게 웃어?"

"몰라서 물어? 할 수 있으면 해 보든가. 근데 너 여자는 있냐?"

"뭐, 인마?"

주진성이 황당하다는 얼굴을 했다.

소무결이 그를 툭 치며 고개를 저었다.

"그냥 냅 둬. 건드려 봐야 네 속만 터지니까."

"아니, 그래도……."

"신경 끄라니까. 그보다 다른 어른들은 안 계시네? 우리만 올라온 거야?"

노소정의 넓은 공터에는 오로지 마동만이 자리하고 있었다.

그리고 멀찍이서 몸을 감춘 채 그를 주시하는 자신들 정
도가 전부였다.

그 부분에 이상함을 느낀 것이다.

주진성이 어깨를 들썩이며 소무결의 의문을 풀어줬다.

"사조께서 다른 사백, 사숙들은 오지 말라고 하셨거든."

"응? 왜?"

"그거야 나도 모르지. 내가 어떻게 사조의 생각을 짐작하
겠냐?"

"흠……"

소무결이 제 턱을 쓰다듬으며 멀리 마동을 쳐다봤다.

주진성이 그의 옆에 엉덩이를 걸치며 다시 목소리를 냈
다.

"왜 그렇게 쳐다보는 거냐?"

"이상해서 그렇지. 너네 사백, 사숙들 다 오지 말랬는데
우리한테는 허락한 게. 넌 이상하지 않냐?"

"그거야……"

주진성이 어색하게 웃음을 보였다.

의아함을 느낀 소무결이 고개를 갸웃거릴 때 천영영이
나서며 그의 의문을 풀어 줬다.

"듣기로는 청성의 어른들이 진성이를 엄청 아낀다고 하
던데? 100년에 한 번 나올까 말까 한 기재라고. 우리한테
허락한 건 진성이 덕일걸?"

천영영의 말에 운현이 주진성을 손가락으로 가리켰다.

"기재? 애가?"

자신을 무시하는 듯한 말투에 주진성이 얼굴을 찌푸렸다.

소무결이 둘을 힐끔 쳐다보고는 목소리를 냈다.

"진성이 정도면 기재라고 불릴 만하지. 애들 수준이 워낙 낮아서 말이지."

운현이 소무결의 말에 동의한다는 듯이 고개를 끄덕였다.

"그렇긴 하네. 그럼 진성이가 100년에 한 번 나올까 말까 한 기재면, 우리는 500년? 1,000년?"

"대충 그 정도 되지 않을까?"

두 친구의 말에 주진성이 와락 얼굴을 구겼다.

"썩을 놈들……."

그 때 천영영이 한숨을 내쉬며 말했다.

"너희들은 어째 5년 전이나 지금이나 변한 게 없어?"

"우리가 뭘?"

"그렇잖아. 유치한 게 그때나 지금이나 똑같은데."

천영영의 말에 운현이 입을 다물고는 끙하고 앓는 소리를 냈다.

그 때 여태껏 가만히 입을 다물고 있던 석대림이 처음으로 목소리를 냈다.

"저기……."

"응? 왜?"

천영영이 자신을 돌아보자 석대림이 어딘가를 쳐다보며 목소리를 낮췄다.

"누가 오는데요?"

그와 동시에 조금은 소란스럽다 싶던 분위기가 한 번에 가라앉았다.

그리고 오랜 시간이 지나지 않아 두 개의 인영이 모습을 드러냈다.

운현이 그들을 주시하며 속삭이듯 말했다.

"아무래도 저 자식들인 것 같은데?"

말없이 고개를 끄덕이던 천영영이 문득 소무결을 쳐다보며 말했다.

"넌 왜 그래? 무슨 문제 있어?"

무언가 고민하는 듯한 얼굴로 둘을 뚫어져라 쳐다보는 소무결이 그녀의 시선을 잡아끈 것이다.

소무결이 미간을 좁히며 말했다.

"아니…… 어딘가 눈에 익은 거 같아서 말이지."

"저들이 누군지 알 것 같아?"

소무결이 고개를 저었다.

"일단 좀 지켜보자. 당장은 모르겠는데 뭐라도 하면 윤곽이 나오겠지."

낯선 기척에 가부좌를 튼 채 눈을 감고 있던 마동이 천천히 눈을 떴다.

이내 제 앞에 자리한 두 개의 크고 작은 인영을 확인한 마동은 자리에서 일어서며 목소리를 냈다.

"그대들인가? 내게 도전장을 보낸 것이?"

마동의 질문에 체구가 좀 더 큰 인영이 앞으로 나서며 양손을 모았다.

"그렇습니다. 저희들이 선배님께 가르침을 청했습니다. 건방지다 생각하지 않으시고 이리 응해 주셔서 감사할 따름입니다."

"제법 예의가 바르군. 명가의 제자인가?"

그러나 이번에는 대꾸가 없었다.

다만 복면 위로 드러난 두 눈에 어색함이 가득하다는 것을 알아본 마동이 고개를 저었다.

"곤란하다면 굳이 밝힐 필요는 없다. 어차피 검을 맞대다 보면 어디 출신인지 알게 될 테니까. 그보다 둘이 함께할 생각인가?"

"그럴 리가 있겠습니까? 제가 선배님께 가르침을 청하겠습니다."

"자네 혼자?"

마동이 자신의 수염을 가만히 쓰다듬었다.

목소리로 짐작해 보면 저들의 나이가 많지 않음을 어렵지 않게 알 수 있었던 탓이다.

"하나같이 다 이름난 고수들이었는데 일대일로 겨루어서 그들을 꺾었단 말인가?"

"운이 좋았습니다."

"하나 정도는 운으로 그럴 수도 있다지만, 서넛이라면 운을 논할 단계는 한참 넘어섰지. 아직 어린 나이인 것 같은데 정말 대단하군."

마동이 조금은 감탄한 기색으로 고개를 끄덕이고는 제 검을 뽑아 들었다.

그리고는 눈앞의 인영에게 검을 겨누려다가 이내 고개를 갸웃거렸다.

"도를 뽑지 않나?"

마동의 시선이 그의 등 뒤에 메어 있는 큰 도를 향했다.

그러나 그는 고개를 저었다.

"도를 쓸 생각은 없습니다."

그의 대답에 마동의 얼굴이 찌푸려졌다.

마동이 은근히 노기가 섞인 목소리로 말했다.

"나 정도는 도를 쓸 필요도 없다는 것인가?"

"오해입니다. 그런 것이 아닙니다."

"그게 아니면 뭔가? 도를 쓰는 이가 도조차 뽑지 않고 나를

상대하겠다는데 이것이 나를 우습게 본 것이 아니면 무엇이
란 말인가?'

"그런 것이 아니라……."

마동의 추궁에 그가 곤란하다는 얼굴을 했다.

그러나 더 기다려 줄 마음이 없었던 마동이 검을 획 내리
그었다.

서늘한 예기가 자신을 스쳐 지나가자 그가 얼른 시선을
들었다.

어느새 차가운 얼굴을 한 마동이 그를 향해 검을 겨눴다.

"네놈이 언제까지 도를 숨겨 둘 수 있는지 내 눈으로 똑
똑히 확인해 보겠다."

마동이 바닥을 콕 찍었다.

순식간에 거리를 좁히는 마동의 검 끝에 이제껏 조금은
어리숙해 보이던 검은 인영의 눈빛이 차갑게 가라앉았다.

그리고는 그가 가볍게 고개를 꺾었다.

아슬아슬하게 그를 비껴 지나가던 마동의 검이 한순간
변화를 일으키며 그의 어깨를 찍어 누르려 했다.

전혀 다른 움직임임에도 위화감을 보이지 않고 자연스럽
게 연결되는 마동의 움직임에 검은 인영의 두 눈이 은근히
감탄한 기색을 보였다.

그러나 그러한 감탄도 잠시, 어느새 정신을 가다듬은 채
급하게 몸을 빼는 검은 인영이었다.

"흥! 빠져나갈 수 있을 것 같은가?"

마동의 검 끝이 거머리처럼 검은 인영의 움직임을 따라갔다.

처음에는 한 가닥 선이 전부였지만 시간이 지날수록 선이 계속 늘어나더니 종래에는 여덟 가닥의 선이 팔방에서 검은 인영을 압박하는 형세를 취했다.

멀리서 둘의 대결을 주시하고 있던 운현이 은근히 감탄한 기색으로 주진성을 쳐다봤다.

"너네 사조님 생각보다 더 대단한데?"

"당연하지. 팔비신검이라는 별호가 괜히 붙은 줄 알아? 작정하고 검을 쓰면 누구도 막기 어렵다고."

주진성의 코끝이 조금은 올라갔다.

운현이 픽 웃으며 초를 쳤다.

"그러게 말이야. 청성의 검은 너처럼 다 흐느적거리기만 하는 줄 알았더니 꼭 그런 것만도 아니네. 이거 진짜 장난이 아닌데?"

"썩을 놈. 내가 어딜 봐서 흐느적거려?"

"아니라고 생각해? 어딜 보나 흐느적거리던데?"

"이 자식이 진짜!"

주진성이 발끈한 얼굴을 했다.

그 때 천영영이 팔을 뻗으며 둘 사이를 갈라놨다.

"조용히 지켜보기나 해. 저런 걸 쉽게 볼 수 있는 줄 알아? 엄청 고급 무리라고."

마동의 검은 이어지고, 이어지고, 또 이어졌다.

지극히 자연스러운 그의 검은 빈틈을 찾아볼 수가 없을 정도였다.

점창처럼 극쾌를 추구하지 않음에도 팔이 여덟 개나 되는 것처럼 팔방을 점하고 있는 것은 바로 그런 이유였다.

"아차차, 내가 지금 이럴 때가 아니지. 남은 말은 나중에 하자고."

운현이 주진성에게서 얼른 시선을 떼고는 마동의 검을 주시했다.

주진성이 못마땅하다는 눈으로 운현을 쳐다보다가 한순간 눈을 반짝였다.

소무결은 마동의 검을 쳐다보며 넋을 놓고 있는 다른 이들과 사뭇 다른 반응을 보이고 있었기 때문이다.

"넌 왜 그래? 얼굴이 왜 그 모양이야?"

미간을 좁힌 채 무언가를 고민하는 듯한 얼굴을 하고 있던 소무결이 주진성을 쳐다봤다.

"어? 뭐가?"

"얼굴이 왜 그 모양이냐고? 무슨 문제라도 있어?"

"어? 그게……."

소무결이 다시 심각한 눈으로 고개를 돌리더니 이제는 조금씩 모습을 드러내기 시작한 수염을 쓰다듬으며 말을 이었다.

"아무래도 어디선가 본 것 같아서……."

"우리 사조님? 그거야 내 검을 봤으니까 눈에 익은 게……."

"아니, 너네 사조님 말고."

"응? 우리 사조님 말고? 그럼……."

의문이 가득한 눈으로 자신을 쳐다보는 주진성을 모른 체하며 소무결은 여전히 검은 인영의 움직임을 주시했다.

아무래도 익숙한 움직임이었기 때문이다.

"분명 본 것 같은데…… 내가 이걸 어디서 봤지?"

잡힐 듯 말 듯한 무언가에 고개를 갸웃거리던 소무결이 한순간 몸을 흠칫 떨었다.

한 걸음 떨어져서 두 사람의 대결을 주시하고 있던 좀 더 작은 체구의 인영이 슬쩍 시선을 돌리는 순간 그와 시선이 맞았기 때문이다.

그와 동시에 많은 것이 소무결의 머릿속에서 폭죽처럼 터져 나왔다.

소무결이 저도 모르게 자리에서 벌떡 일어서며 목소리를 높였다.

"명진 이 자식!"

눈앞의 검은 인영을 압박하던 마동이 한순간 검을 거두었다.

그리고는 멀리서 몸을 부들부들 떨고 있는 소무결과 담담한 눈으로 그를 마주하고 있는 작은 인영을 쳐다보고는 눈매를 가늘게 좁혔다.

"명진?"

마동의 목소리가 들려오자 작은 인영이 신형을 돌리더니 얼굴을 가리고 있던 복면을 벗겨 냈다.

그리고는 양손을 모으며 고개를 숙였다.

"무당의 명진입니다."

좀처럼 청성 밖으로 나서지 않는 마동도 모를 수가 없는 이름이었다.

명진의 이름은 정사를 막론하고 그만큼 널리 퍼져 있었기 때문이다.

그러나 마동은 그보다는 다른 곳에 더 관심을 뒀다.

"그럼 자네는……."

제법 오랜 시간 자신의 검을 받아 냈음에도 여전히 숨소리 하나 흐트러지지 않은 조금 더 큰 체구의 인영.

마동의 시선이 자신에게 닿자 그가 명진이 그랬던 것처럼 자신의 얼굴을 가리고 있던 복면을 벗겨 냈다.

눈앞이 환해지듯 준수한 얼굴이 모습을 드러내자 마동이 저도 모르게 신음성을 흘렸다.

"으음……."

그러나 그는 마동의 그러한 반응에 신경도 쓰지 않은 채 양손을 모으며 고개를 숙였다.

"패천성의 철무한이 마 선배님께 다시 인사를 드립니다."

그 순간 마동이 두 눈을 동그랗게 떴다.

"패, 패천성!"

청성산을 내려오던 철무한이 뒤를 힐끔거렸다.

일행이 늘어난 것은 그러려니 했지만 전혀 예상하지 못했던 이가 함께한 것은 제법 신경이 쓰이는 일이었다.

철무한이 소무결을 쳐다봤다.

"주진성이라고 했나? 쟤는 어디까지 따라오는 거냐?"

"다 들어 놓고 왜 모르는 척이야?"

"설마설마했지, 끝까지 따라붙지는 않겠다 싶었으니까……."

"당연히 끝까지 따라붙겠지. 마 장로님이 하신 말 못 들었어? 끝까지 착 달라붙어 있으라고."

"그건 그 영감 생각이고. 쟤 생각은 다를 수도 있을 것 같은데……."

철무한이 계속 거부하는 듯한 의사를 내보이자 소무결이 고개를 갸웃거렸다.

평소 낯을 가리지 않는 철무한이었기에 의아함이 느껴진 것이다.

소무결이 여전히 주진성을 힐끔거리는 철무한을 툭 치며 말했다.

"뭐냐?"

"뭐가?"

"왜 너답지 않게 사람을 가리냐고?"

"나답게는 뭔데? 나 원래 사람 볼 때 까다롭거든?"

"그건 여자 볼 때나 그런 거고. 남자는 관심도 없잖아? 누가 들러붙든 떨어져 나가든, 너한테 칼질 하는 거 아니면 눈길도 안 주면서 갑자기 왜 그러는 건데? 뭔 일이냐, 또?"

"내가 뭘 또……."

"시끄럽고. 대답이나 해 봐. 이번엔 뭔 일인데? 뭔 일인데 둘이서 무당산을 내려와서 말도 안 되는 짓거리를 벌이고 다니는 건데?"

"말이 안 되는 건 또 뭐냐?"

"왜 자꾸 모르는 척이야? 가만히 있는 문파들 평지풍파를 일으킨 주제에."

"아니, 우리가 무슨 평지풍파를 일으켜?"

"그럼 그 사람들은 왜 갑자기 은퇴를 하는 건데? 잘 먹고 잘 살던 사람들이 하루아침에. 누가 봐도 이상하지 않냐?"

"그건 내가 물어보고 싶은 말이다. 그 인간들은 대체 왜 은퇴하는 거냐? 크게 다치지도 않게 했는데."

"그게 문제니까."

"뭐가?"

"다치지도 않게 한 거. 한평생 무공만 파고들었는데 딱 봐도 자기보다 한참 어린 친구들한테 손 한번 써 보지 못하고 농락당한 거. 너 같으면 계속 강호에 남아 있고 싶겠냐? 딱 봐도 은퇴하고 싶지 않겠어?"

"뭘 그 정도로 은퇴를…… 원래 은퇴라는 건 어디 한 군데 고장 나서 더 나돌아 다니지도 못하겠다 싶을 때 하는 거 아니냐? 이상한 사람들일세."

"네가 이상한 게 아니고?"

"그럼 다치게 했어야 했나? 그게 나은 거냐?"

"아니, 그건 아니고……."

"거봐. 우리가 잘한 게 맞잖아. 그보다 저 자식은 어떻게 할 건지 말해 보라니까. 저거 계속 달고 다닐 거냐?"

철무한의 말에 소무결이 주진성을 힐끔 돌아보며 말했다.

"그럼 어떻게 하냐? 마 장로님 조건이 그거였는데."

"그걸 곧이곧대로 다 들어줄 생각인 거냐? 이거 생각보다 순진하네."

"순진해서 그런 게 아니라…… 그럼 안 들어주고 버틸 자신은 있고? 너랑 알고 지내는 거 동네방네 다 소문낸다는데?"

"그냥 말을 그렇게 하는 거지, 설마 진짜 소문을 내겠어? 그리고 소문 좀 나면 어때? 그런갑다 하는 거지."

"뭘 그런갑다 해? 우리가 곤란한 건 그렇다 치고 우리 사부님도 곤란해진다고. 우리 사부님이 궁지에 몰리면? 그건 감당할 자신이 있고?"

소무결의 말에 철무한이 끙하고 앓는 소리를 냈다.

제 아비와 그나마 말이 통하는 홍소천이 자리를 잃으면 곤란하기 때문이다.

"진짜 저 자식 달고 다녀야 하나?"

철무한이 못마땅하다는 눈으로 주진성을 돌아봤다.

소무결이 고개를 갸웃거렸다.

"왜? 뭔 일인데? 저 녀석이 함께하면 곤란할 일이라도 있어?"

"곤란하지. 그것도 상당히 곤란하지."

"그러니까 뭐가?"

"우리 독곡에 갈 거거든."

"독곡?"

소무결이 눈을 동그랗게 떴다.

철무한이 고개를 끄덕였다.

"그래, 독곡. 너도 알다시피 거긴 정확한 위치를 아는 이가 드물거든. 하도 꽁꽁 숨어살아서. 일부러 그러고 있는데 모르는 사람이 가면 좋아하겠어? 너희들이야 주형이 얼굴보고 어떻게 넘어간다 해도 쟤는 좀…… 그리고 주형이 자식도 그렇게 좋은 성격이 아니라는 건 너도 잘 알잖아. 당장 칼부림이 날지도 모른다고."

"그래도 칼부림까지……."

"뭐, 칼은 안 들 수도 있겠다. 대신 쥐도 새도 모르게 저 자식한테 독 풀어 버릴걸? 그걸 저 녀석이 감당할 수 있을 까?"

"못하지."

소무결이 생각할 것도 없다는 듯이 고개를 저었다.

그리고는 저 역시 곤란하다는 얼굴로 주진성을 쳐다봤다.

"이거 진짜 곤란한데……."

어떻게 할까 잠깐 고민을 하던 소무결은 문득 다른 생각이 들었다.

소무결이 다시 철무한을 쳐다봤다.

"근데 독곡엔 왜 가는데?"

"어? 내가 말 안 했어?"

"썩을 놈. 이제 머리까지 오락가락하는 거냐? 얼른 말해 봐. 거긴 갑자기 왜 가는 건데?"

소무결의 물음에 명진을 제외한 모두가 귀를 쫑긋거렸다.

제법 거리가 있음에도 둘의 목소리를 놓치지 않았던 탓이다.

심지어 주진성까지 그랬다.

그들의 기색을 알아챈 철무한이 픽 웃으며 답을 했다.

"기아 데리러 간다."

묘강에 접어들고 나서도 한참 더 남쪽을 향해 움직였다.

생각보다 더 먼 길에 운현이 조금은 짜증이 배어난 얼굴로 철무한을 쳐다봤다.

"이거 왜 이렇게 멀어? 너 길 아는 거 맞아?"

"그러니까 사천에서 기다리라고 했잖아. 괜히 따라와서 짜증이야?"

"그건 이렇게 멀 줄 모르고…… 어쨌든! 어디까지 가야 해? 아직 멀었어?"

운현의 투덜거림에 철무한이 조금은 굽혀져 있던 허리를 폈다.

그리고는 주위를 한 바퀴 휙 둘러보고는 목소리를 냈다.

"다 와 가는 것 같은데……."

"그건 또 뭔 말이야? 다 와 가면 다 와 가는 거지, 같은데는 뭔데?"

확신이 부족해 보이는 듯한 철무한의 말을 용케 잡아낸 운현이었다.

운현이 눈매를 가늘게 좁혔다.

"이 자식…… 너 혹시 길 모르는 거 아니야?"

"그런 게 아니고……."

"그런 게 아니면 뭔데? 왜 이렇게 헤매?"

"너무 오랜만이라서 그렇지. 십 년은 훌쩍 넘은 것 같은
데…… 그때 딱 한 번 와 봤는데 그걸 어떻게 정확하게 기
억하냐?"

철무한의 말에 운현이 황당하다는 얼굴을 했다.

"시, 십 년? 그것도 딱 한 번? 이거 미친놈 아니야? 거길
어떻게 찾아가겠다고?"

"방향은 맞는 것 같은데……."

"미친놈."

운현이 철무한을 흘겨보고는 그 자리에 주저앉아 버렸다.

철무한이 미간을 좁히며 그를 쳐다봤다.

"이건 또 뭐 하는 짓이야?"

"뭐 하는 짓이긴. 좀 쉬다 가자. 벌써 열흘이 넘도록 밤낮
을 가리지 않고 이동했다고. 몸 상태가 엉망이라니까."

"겨우 이 정도로……."

"미친놈아, 어딜 봐서 겨우 이 정도야? 무결이나 영영이
나 눈가가 거뭇거뭇한 거 안 보여? 대림이나 진성이는 다
죽어 간다고. 다들 너희 같은 줄 알아? 이것들은 어떻게 생
겨 먹은 게 지치지를 않아?"

운현이 질렸다는 눈빛으로 철무한과 명진을 번갈아 가며
쳐다봤다.

흡사 괴물을 쳐다보듯 하는 그의 눈빛에 철무한이 머쓱한 얼굴을 했다.

"그렇긴 한데……."

무언가 말을 이어 가려던 철무한의 어깨에 명진이 손을 올렸다.

철무한이 명진을 돌아봤다.

"왜?"

"운현이 말대로 쉬다 가자. 그게 좋겠다."

"시간이 많지 않은데……."

철무한이 무언가 마음에 차지 않는 듯한 얼굴로 중얼거렸다.

그러나 명진은 말없이 고개를 저을 뿐이었다.

결국 철무한이 한숨을 푹 내쉬었다.

"할 수 없지. 그럼 잠자리 좀 마련해 봐. 난 가서 먹을 것 좀 찾아올 테니까."

"같이 가지."

"그럴까? 그럼 너희들이 마련해 놔."

철무한이 운현 등에게 말을 남기고는 먼저 휙 몸을 날렸다.

그리고 그 뒤를 명진이 재빠르게 따라붙었다.

순식간에 멀어지는 둘의 뒷모습을 물끄러미 쳐다보던 운현이 미간을 좁혔다.

"저것들은 대체 뭘 먹고 살았길래…… 이거 점점 더 따라잡기가 어려울 것 같은데……."

간단한 움직임이었지만 따라잡을 엄두가 나지 않았다.

예전과는 또 다른 경지에 들어선 듯한 그들의 움직임을 용케 알아본 것이다.

천영영이 얼굴을 찌푸리고 있는 그의 어깨에 손을 올렸다.

"가는 길이 다른 거니까 그런 얼굴 하지 말고."

"가는 길이 다른 게 아니라……."

"그게 맞아. 계속 가다 보면 결국에는 따라잡을 거야."

한 치의 흔들림도 없이 확신으로 가득한 그녀의 눈빛을 마주한 운현이 쩝하고 입맛을 다셨다.

그러나 얼른 고개를 젓고는 자리에서 일어섰다.

"밤이슬이라도 피할 곳을 찾아봐야겠는데."

주변을 두리번거리던 운현이 문득 눈을 찌푸렸다.

어느새 바닥에서 데굴거리고 있는 소무결을 발견한 탓이다.

"이 자식아, 빨리 안 일어나?"

"왜 또?"

"잠자리 찾아야 할 거 아니야?"

"그걸 왜 나한테 그래? 진성이나 대림이 데리고 가."

"그걸 지금 말이라고. 너도 눈이 있을 거 아니야? 쟤들

꼴을 봐라. 저걸 어디다 써먹어? 당장 일어나 자식아."

평소라면 발끈하고 목소리를 높일 주진성이었다. 그러나 당장은 그럴 힘도 없는지 입을 꼭 다물고 있었다.

그것을 확인한 소무결이 한숨을 내쉬며 몸을 일으켰다.

"영영이랑 할 것이지."

어설프게나마 기둥을 세우고 마른 나뭇잎을 덮었다.

엉성하긴 했지만 밤이슬을 피하기에는 충분했다.

그 아래에 모닥불을 피우던 소무결이 문득 시선을 들었다.

"그런데 이 자식들 꽤나 늦네? 근처에 먹을 게 없나?"

소무결의 말에 천영영이 고개를 끄덕이며 말했다.

"아무래도…… 아무거나 막 먹으면 안 되니까 산짐승이라도 잡으러 간 거 같은데?"

흙이 다르고 물이 달랐다.

익숙하지 않은 것을 접하면 몸에 탈이 나기 마련이다.

무공을 익힌 몸이라 크게 문제가 되지는 않았지만 상황이 어떻게 변할지 몰랐다.

가급적이면 조심하는 게 좋았다.

"그래도 배고픈데……."

소무결이 말랑말랑해진 제 뱃가죽을 문지르며 투덜거리듯 말했다.

천영영이 픽 웃으며 무언가 말을 하려는 찰나 어디선가 낯선 기척이 느껴졌다.

같은 것을 느낀 운현과 소무결이 동시에 시선을 돌렸다.

"응? 이건 뭐지?"

"마차 같은데? 상단 같은 건가?"

"그러기에는 소리가 너무 가볍고. 상단은 아닌 것 같은데."

번갈아 가며 말하는 그들을 쳐다보며 주진성이 말했다.

"그러니까 지금 마차가 오고 있다고?"

소무결이 주진성을 쳐다봤다.

"넌 이게 안 들려? 대놓고 소리 내는구만."

소무결의 말에 주진성이 아연한 눈을 했다.

청성으로 돌아가 마동에게 무공을 배운 후 제법 격차가 줄어들었다 생각했던 터다.

어쩌면 자신이 앞질렀을지도 모른다는 생각에 뿌듯함까지 느껴졌었다.

그러나 시간이 지날수록 그것이 착각이라는 것을 확실하게 알게 되었다.

주진성이 한숨을 폭 내쉬었다.

"순무대전은 개뿔……."

"뭐가?"

"아냐, 아무것도…… 그보다 불을 이렇게 놔둬도 돼? 이러다 적이라도 만나면……."

"여기서 무슨 적을 만나? 중원도 아니고 누가 우릴 알아본다고?"

"만에 하나가……."

"괜찮아. 무공을 익힌 것 같지는 않으니까."

"벌써 그게 느껴져?"

"넌 안 느껴지냐? 이건 뭐가 이렇게 느려?"

소무결이 한심하다는 눈으로 주진성을 쳐다봤다.

주진성이 꿍하고 앓는 소리를 낼 때, 따그닥거리는 말발굽 소리가 가까워지더니 허름한 마차를 이끈 노인 하나가 모습을 드러냈다.

초췌해 보이는 듯한 모습의 노인은 불빛에 이끌리듯 일행에게 다가서더니 조금은 주눅이 든 듯한 얼굴로 말했다.

"지, 지나가던 객인데 잠시 불을……."

운현과 천영영이 서로를 쳐다봤다.

석대림과 주진성은 소무결을 쳐다봤다.

그리고 소무결은 노인의 뒤쪽 마차를 쳐다봤다.

마차에서 삐죽 튀어나온 무언가를 확인한 소무결이 눈을 반짝였다.

'먹을 거!'

소무결이 환하게 웃으며 자리에서 일어섰다.

"물론이죠. 이게 뭐 큰일이라고."

모락모락 김이 올라오는 그릇을 소무결이 연신 히죽거리며 받아 들었다.

"어이쿠, 이거 고마워서……."

쌀알이 몇 개 들지도 않은 희멀건 모양새였지만 그 정도로도 감지덕지였다.

다른 이들 역시 소무결과 비슷한 얼굴이었다.

"고맙습니다."

"감사합니다."

저마다 고마움을 표하는 이들을 쳐다보며 음식을 나눠주던 노인이 어색하게 웃음을 보였다.

"아닙니다. 너무 변변찮아서."

"무슨 말씀입니까? 이거 아니면 쫄쫄 굶어야 했는데요. 정말 고맙습니다."

석대림이 다시 한번 고마움을 표하고는 그릇을 받아 든 채 소무결의 곁으로 다가갔다.

허겁지겁 숟가락을 놀리고 있는 소무결의 곁에 엉덩이를 붙인 석대림이 저 역시 숟가락을 들었다.

"음……."

든 것이 별로 없어 희멀건 죽이라 별 기대는 하지 않았지만 제법 맛은 괜찮았다.

알싸한 향이 나며 제법 강한 맛이 나긴 했지만 크게 거슬리지는 않았던 탓이다.

다른 이들 역시 마찬가지인 듯 보였다.

오직 운현을 제외하고는.

운현이 한 숟갈 뜨고는 살짝 얼굴을 찌푸리더니 노인을 쳐다봤다.

"이게 뭐죠? 그냥 죽인 줄 알았는데……."

"거슬리십니까?"

"조금?"

운현의 대구에 노인이 웃음을 보였다.

그러나 이내 고개를 저어 웃음기를 날리고는 운현의 질문에 대구했다.

"남쪽 지방에서 자주 쓰는 향신료입니다. 처음 먹어 보면 맛이 조금 강하게 느껴질 수도 있습니다."

"흐음……."

노인의 말에 운현이 고개를 끄덕이고는 제 그릇을 내려다봤다.

배가 고프기는 했지만 더 먹고 싶은 생각이 들지 않았다.

어느새 제 그릇을 다 비운 소무결이 침을 꼴깍 삼키며 운현을 쳐다봤다.

"왜? 못 먹겠어?"

소무결의 의도가 눈에 보였다.

운현이 얼굴을 찌푸리다가 결국은 한숨을 내쉬며 그릇을 내밀었다.

"너 먹어."

"그래도 돼? 그럼 사양 않고."

냉큼 그릇을 받아 든 소무결이 다시 그릇에 코를 박았다.

운현이 쩝하고 입맛을 다실 때 천영영이 그의 팔을 콕 찔렀다.

"왜?"

"안 먹어도 돼?"

"못 먹겠어. 생각보다 제법 거슬리네."

"그 정도로? 난 괜찮은 것 같은데. 다른 친구들도 그렇고."

"사람마다 다른 거니까. 내 걱정하지 말고 먹어. 난 이따가 명진이랑 무한이가 먹을 것 구해 오면 그거나 먹으려고."

운현의 말에도 천영영은 여전히 미안한 얼굴이었다.

운현이 재차 목소리를 내서 그녀의 그러한 감정을 덜어 주려 했다.

그러나 그 전에 노인이 끼어들며 무언가를 내밀었다.

"그럼 이거라도 드십시오."

"응?"

노인이 내미는 것을 얼떨결에 받아 든 운현이 이내 얼굴을 환하게 밝혔다.

잘 말린 육포 몇 조각을 확인했기 때문이다.

그러나 운현은 제 입으로 육포를 가져가기 전에 노인을 쳐다봤다.

"이거 저 주셔도 돼요? 어르신은……?"

"괜찮습니다. 집이 그렇게 멀지는 않거든요."

"그래요? 그럼 감사히…… 어?"

가볍게 고개를 숙이던 운현이 한순간 눈을 동그랗게 떴다.

그릇에 코를 박고 있던 소무결을 필두로 일행이 하나둘씩 픽픽 쓰러졌기 때문이다.

단번에 상황을 파악한 운현이 자리에서 벌떡 일어서며 검을 뽑아 들었다.

"당신 뭐야? 뭐 하는 놈이야!"

운현이 노인에게 검을 겨눈 채 으르렁거렸다.

그러나 노인은 여전히 웃음기를 머금은 얼굴로 운현을 쳐다볼 뿐이었다.

제법 시간을 들여 그 얼굴을 마주하고 있던 운현은 한순간 가만히 고개를 끄덕였다.

"주변에 다른 놈은 없고."

딱 하나만 잡으면 된다.

운현이 조금은 가벼워진 얼굴로 걸음을 내딛었다.

그러자 노인은 딱 그만큼 뒤로 물러섰다.

운현이 얼굴을 찌푸리며 말했다.

"안 싸울 건가?"

"싸워? 내가 왜? 가만히 내버려 두면 알아서 쓰러질 텐데."

"뭐?"

"자네도 먹었잖는가? 쓸데없이 힘쓰지 말고 얌전히 있는게 어떻겠나?"

"한 숟가락 뜨다 말았어. 고작 그 정도로는…… 어라?"

한순간 눈앞이 핑 돌았다.

후들거리는 제 다리를 억지로 부여잡아 보려던 운현은 결국 얼굴을 와락 일그러트릴 수밖에 없었다.

"썩을……."

쿵!

멧돼지를 어깨에 짊어진 철무한이 주변을 두리번거렸다.

"얼레? 멀리 갔나? 왜 안 보여?"

명진 역시 연신 주위를 살피기 바빴다.

그러나 소무결 등 일행의 모습을 찾을 수는 없었다.

철무한이 얼굴을 찌푸리며 투덜거렸다.

"잠자리 좀 마련해 두라니까 대체 어디까지 간 거야? 그냥 아무 데나 만들면 되는 걸 가지고. 어떻게 할까?"

철무한의 질문에 명진이 잠시 고민하는 듯한 얼굴을 하더니 곧 결론을 꺼내 들었다.

"넌 여기서 기다려라. 내가 찾아보지."

길이 엇갈리는 것은 좋지 않다.

같은 것을 알아챈 철무한이 무심코 고개를 끄덕이다가 한순간 눈을 반짝였다.

"어? 저건 뭐야? 저런 게 있었나?"

철무한이 제 몸뚱이만 한 멧돼지를 아무렇게나 쿵하고 내려 두더니 걸음을 옮겼다.

무언가 무더기가 잔뜩 쌓인 듯한 곳으로 다가서 무언가를 살피던 철무한이 어렵지 않게 상황을 파악하고는 딱딱하게 굳은 얼굴로 명진을 돌아봤다.

"일 났네."

"무슨 일이 생긴 건가?"

"보면 몰라? 딱 봐도 불 피우다가 무슨 일을 당한 것 같은데."

철무한이 불을 피운 흔적이 남아 있는 자리를 발끝으로 툭툭 쳤다.

같은 것을 알아본 명진이 후 하고 한숨을 내쉬었다.

"곤란하군."

"곤란이고 뭐고 움직이자. 일단 찾아봐야지. 내버려 두면 무슨 꼴을 당할지 모르니까."

명진이 고개를 끄덕이고는 주위를 살폈다.

일단은 흔적을 찾는 것이다.

그리고 주위를 살피는 것은 철무한 역시 마찬가지였다.

다만 명진의 그것과는 의미가 달랐다.

"대체 뭔 짓을 당한 거지? 어지간한 고수가 아니면 어림 도 없을 텐데……."

무공도 제법이었고 숫자도 많았다.

어지간한 고수가 아니면 당하기가 쉽지 않다.

"싸운 흔적도 없는데……."

미간을 좁히던 철무한이 문득 눈에 들어온 밥그릇을 집 어 들었다.

온기는 없었지만 내용물은 조금 남아 있었다.

손끝으로 살짝 내용물을 찍은 철무한이 망설임 없이 그 것을 제 입으로 가져갔다.

미약하긴 했지만 알싸한 향이 남아 있었다.

철무한이 와락 얼굴을 구겼다.

"썩을…… 뭔가 했더니 미약이었네."

"미약?"

"그래. 근데 이거 저 밑에 남쪽 나라에서나 쓰는 거라고 들었는데 이게 왜 여기서 튀어나오지? 그나마 근처라고 여기서도 쓰는 건가?"

철무한이 이해가 되지 않는다는 듯이 연신 고개를 갸웃거렸다.

그 때 명진이 철무한의 어깨를 툭 쳤다.

"왜?"

"가자. 흔적 찾았다."

"마차 자국? 그게 그렇게 쉽게……."

"그거 맞다. 올 때와 갈 때의 깊이가 다르니까. 다른 녀석들을 태우고 간 게 맞아."

"그러고 보니까……."

철무한이 마차가 남긴 자국에 집중했다.

자세히 보지 않으면 눈치 채지 못할 정도였지만 명진의 말대로 깊이가 다르다는 것을 알 수 있었다.

"어떤 놈들인지 모르겠지만 그 녀석들 조금이라도 탈이 생기면 아예 씹어 먹어 버린다."

철무한이 으드득 이를 갈며 으르렁거렸다.

명진이 다시 한 번 철무한의 어깨를 툭 치며 말했다.

"일단 찾고 나서."

철무한과 명진이 급하게 몸을 움직였다.

그러나 저들의 꼬리가 좀체 잡히지가 않았다.

어렵지 않을 거라 생각했던 것과는 전혀 다른 상황이었다.

철무한이 길가에 버려진 마차를 발로 쾅하고 걷어차고는
얼굴을 일그러뜨렸다.

"썩을 놈들. 이것들 대체 뭐 하는 놈들이지? 뭔 적이 그렇
게 많길래 이런 짓까지……."

의도적으로 혼선을 주기 위함이라는 것을 어렵지 않게
알아차린 철무한이었다.

아무래도 자신들이 따르는 것을 눈치 챈 것만 같은 흔적
이었다.

사방으로 뻗어 있는 몇 개의 족적을 노려보며 씩씩거리
던 철무한은 이내 곤란하다는 눈으로 명진을 쳐다봤다.

"이제 어떻게 하지? 이거 따라잡기가 어렵겠는데?"

명진 역시 곤란하다는 얼굴이었다.

저 역시 별다른 방도가 떠오르지 않았기 때문이다.

그러나 무작정 시간을 허비하고 있을 수만도 없었다.

"하나씩 따라가지."

"하나씩? 방향이 다른 족적이 일곱 개나 되는데 그래도
되겠어?"

운이 좋다면 잡아낼 수도 있지만 현실적으로는 불가능하
다는 판단이었다.

철무한과 같은 생각을 한 명진이었지만 여전히 방법이
없었다.

"다른 방법이 없지 않나? 일단 한 놈이라도 잡아서 캐내

는 수밖에."

"이런 짓을 하는 놈들인데 그게 쉬울까?"

철무한이 회의적인 얼굴을 했다.

그러나 얼른 고개를 젓고는 명진을 돌아보며 말했다.

"일단 놈들을 잡으면?"

"알아서 하는 게 좋겠지. 다시 돌아오는 것 자체가 시간을 버리는 일이니까."

철무한이 고개를 끄덕이고는 남쪽으로 시선을 던졌다.

"그럼 난 이쪽으로 가 보지."

"난 서쪽."

명진이 짧게 대꾸하고는 먼저 몸을 날렸다.

순식간에 한 점으로 작아진 그의 뒷모습을 물끄러미 쳐다보던 철무한이 얼른 고개를 저었다.

"이럴 때가 아니지."

그리고는 명진이 그랬던 것처럼 바닥을 콕 찍었다.

사물이 물처럼 흐르는 듯한 착각이 들 정도로 빠르게 스쳐 지나갔다.

그러나 무작정 한 방향으로 달릴 수만은 없었다.

중간중간 흔적이 다른 방향으로 향하고 있었기 때문이다.

그것을 놓치지 않고 따라가던 철무한은 문득 이상하다는 생각이 들었다.

"이렇게 빠르다고? 이거 뭔가 이상한데⋯⋯."

철무한이 천천히 걸음을 늦췄다.

아무리 생각해 봐도 이상했기 때문이다.

"꼬리가 잡힐 만도 한데⋯⋯ 이 정도면 봉마곡 할배, 할매들도 벗어나지 못할 텐데⋯⋯."

예전과는 비교도 되지 않을 정도로 경공이 올라온 철무한이었다.

어지간한 고수가 아니고서야 뒤따르는 자신을 뿌리치기가 쉽지 않다.

"남긴 흔적으로 보아 그렇게까지 고수는 아닌 것 같은데⋯⋯ 혹시 경공만 경지에 올랐나? 아니, 그렇다 해도 이렇게까지 안 보인다는 건⋯⋯."

이해가 가지 않는다는 얼굴로 고개를 갸웃거리던 철무한이 한순간 얼굴을 와락 구겼다.

"썩을⋯⋯ 이거 미리 만들어 놓은 거였네."

갓 만들어진 흔적이 아니라는 것을 뒤늦게 알아챈 것이다.

철무한이 자신이 지나온 길을 돌아보며 한숨을 푹 내쉬었다.

그러나 얼른 고개를 젓는 철무한이었다.

"그래도 소득이 없는 건 아니니까 오래 걸리진 않겠네."

철무한이 다시 바닥을 콕 찍었다.

그리고는 오래지 않아 명진과 헤어졌던 곳으로 되돌아온 철무한이었다.

"기다려야 하나?"

명진 역시 자신이 본 것을 어렵지 않게 알아챌 것이다.

그가 되돌아오는 모습이 눈에 보였지만 철무한은 다시금 고개를 저었다.

"먼저 움직이고 있는 게 좋겠군."

철무한이 크게 진각을 밟았다.

쿵하는 울림과 함께 그의 족적이 또렷하게 남겨졌다.

"이 정도면 되겠지."

명진이라면 자신의 의도를 어렵지 않게 알아차릴 것이다.

그와의 혼선을 사전에 차단한 철무한이 그제야 다시금 몸을 움직이기 시작했다.

그러나 오래지 않아 제자리로 돌아온 철무한이었다.

"썩을…… 이 길도 아니고……."

다시금 흔적을 찾던 철무한이 한순간 눈을 반짝였다.

자신이 남긴 것과는 또 다른 족적이 뚜렷하게 모습을 드러내고 있었기 때문이다.

"역시."

그것이 명진이 남긴 것이라는 사실을 어렵지 않게 알아챈 철무한이 고개를 끄덕였다.

그리고는 다른 길로 향하는 철무한이었다.

"이제 세 개 남았다."

88 章.

참룡
회귀록

斬龍回歸錄

斬龍回歸錄

참룡
회귀록

88 章.

아침 일찍부터 날아든 서신 하나에 독곡이 뒤집어졌다.

정주형이 산길을 정신없이 내달리는 이유도 바로 그것 때문이었다.

잔뜩 일그러진 얼굴에는 조급함이 잔뜩 묻어나고 있었다.

"망할…… 골치 아프게 꼬였네."

독곡과 갈등 관계에 있던 묘강의 몇몇 개 문파가 관과 손을 잡은 것이다.

"이것들이 뭘 잘못 처먹었나? 갑자기 관에 붙고 난리야?"

그들이 소무결 일행을 붙잡아 관에 넘길 줄은 상상조차 하지 못했다.

어찌 보면 독곡보다 더 관과 사이가 나쁘다고 볼 수 있는 이들이었기 때문이다.

"이것들은 말도 없이 와서 잡히고…… 에이 씨, 한심하게 진짜."

괜히 소무결 등에게 불만이 생겼다.

한 소리 들을 것을 생각하니 짜증이 난 탓이다.

조금 더 바쁘게 움직이자 오래지 않아 목적지가 모습을 드러내기 시작했다.

제법 크게 떨어지는 폭포 옆에 자리한 자그마한 오두막.

봉마곡에서나 볼 법한 그림이 정주형의 눈앞에 다시금 그려졌다.

그리고 정주형의 기척을 눈치 채기라도 한 듯, 오두막의 문이 슬며시 열리더니 가녀린 체구의 인영이 모습을 드러냈다.

정주형이 급하게 손을 흔들었다.

"연아야!"

정주형의 부름에 제갈연이 시선을 돌렸다.

그와 동시에 드러난 얼굴은 이제는 완연히 피어난 꽃이라 해도 부족함이 없을 정도로 아름다운 모습이었다.

제갈연이 보석처럼 반짝이는 눈동자로 제 앞까지 다가온 정주형을 쳐다보며 고개를 갸웃거렸다.

"네가 이 시간엔 어쩐 일이야?"

"어쩐 일이긴. 당연히 볼일이 있으니까 왔지. 기아는?"

"기아?"

제갈연이 시선을 돌려 크게 떨어지는 폭포수를 향해 시선을 돌렸다.

목소리 대신 행동으로 정주형이 원하는 답을 준 것이다.

그것의 의미를 알아챈 정주형이 난감하다는 얼굴을 했다.

"또? 이제 나올 때 되지 않았어? 이러면 곤란한데……."

"왜? 무슨 일인데?"

"무결이 녀석들한테 일이 생겼거든. 근처 놈들한테 잡혔는데 아무래도 관에 넘겨질 것 같아."

정주형의 대꾸에 제갈연의 얼굴이 딱딱하게 굳어졌다.

그가 말하고자 하는 바를 단번에 알아들은 탓이다.

"그게 무슨…… 걔들이 왜 여기서 잡혀?"

"나도 자세히는 몰라. 그 얘기를 듣자마자 바로 달려온 거라."

"넌 대체 일을……!"

"지금 그게 중요한 게 아니잖아. 일단 기아부터 좀 불러 봐. 걔네들부터 찾아와야 할 거 아니야."

정주형의 말이 정답이다.

그러나 제갈연은 쉽게 움직이지 못했다.

정주형이 얼굴을 찡그리며 그녀를 쳐다봤다.

"너도 못 들어가?"

"당연한 거 아냐? 잘못 들어갔다가는 칼 맞을지도 몰라."

"너도? 넌 좀 다르게……."

"저거 할 때는 정신없다고. 나도 못 알아봐. 진짜 칼 맞는다고."

"썩을…… 그럼 어쩌지? 아, 맞다. 소화네 할아버지는?"

다시 한 번 같은 질문을 하는 정주형을 쳐다보며 제갈연이 난감하다는 얼굴을 했다.

"또?"

"요즘 기아가 한번 정신 나가면 감당이 안 돼서…… 자꾸 독한 약만 찾다 보니까 할아버지도 많이 움직이셔야 해서……."

제갈연처럼 항상 붙어 있는 것은 아니었지만 제법 자주 들러서 지켜본 터라 정주형 역시 무슨 말인지 단번에 알아들었다.

정주형이 조금은 걱정이 묻어나는 얼굴로 폭포를 힐끔거렸다.

"그래도 돼? 약을 자꾸 쓰는 게 좋은 게 아닐 텐데."

"나도 조금 걱정이 됐는데, 할아버지가 괜찮다고 하시니까…… 기아 내력이 워낙 깊어서 중간중간 고비만 넘기면 큰 문제는 없을 거라고……."

"그럼 다행이긴 한데……."

잠시 미간을 좁히던 정주형이 얼른 고개를 저었다.

"내가 지금 이럴 때가 아니지. 일단 나 먼저 나가 볼게. 넌 기아 나오면 같이 오든가 해."

"네가? 그럼 독곡은? 다른 문파들이 들고 일어섰다며?"

"지들이 들고 일어서 봤자지. 자신 있으면 개네들 붙잡고 우리한테 덤볐을 텐데 그게 아니니까 관에 넘기려는 거겠지. 걱정 마. 아버지가 해결하실 거야."

정주형의 말에 고개를 끄덕이는 제갈연이었다.

그러나 아직 남아 있는 문제가 있었다.

"너 혼자?"

"당연히 아니지. 다른 녀석들한테 연락해 보려고. 모이면 어떻게든 답이 나오겠지."

그러나 제갈연은 여전히 어두운 얼굴이었다.

그녀는 사마철의 존재를 알고 있었기 때문이다.

제갈연이 조심스러운 얼굴로 정주형을 쳐다봤다.

"어지간하면 기아 나올 때까지 기다리는 게 좋을 것 같은데……."

"뭔 소리야? 너 지금 나 무시하냐? 예전의 내가 아니라고."

"아니, 그게 아니고 그쪽에 고수가 있거든."

"고수? 혹시 기아를 저 꼴로 만든 그 자식?"

제갈연처럼 정확하게 알고 있는 것은 아니었지만 어렴풋 이나마 짐작을 하고 있던 정주형이었다.

그의 질문에 제갈연이 고개를 끄덕였다.

"맞아. 그러니까 조심하는 게 좋아."

"썩을……."

정주형이 얼굴을 구겼다.

그러나 여전히 결론은 같았다.

소무결 일행을 내버려 둘 수는 없다는 결론이었다.

"그렇다고 쳐다보기만 할 수도 없잖아. 일단 나 먼저 나가 볼 테니까 넌 기아 나오면 데리고 와."

"그렇긴 한데……."

"그렇게 걱정할 건 없고. 섣불리 움직이진 않을 테니까. 그럼 난 간다."

정주형이 한시가 급하다는 듯이 신형을 돌렸다.

단번에 점이 되어 멀어지는 그의 뒷모습을 물끄러미 쳐다보고 있던 제갈연이 도톰한 입술을 삐죽거리며 폭포를 돌아봤다.

"빨리 좀 나오지."

독곡을 나선 정주형이 가장 먼저 얼굴을 맞댄 이는 하유선이었다.

거리상 가깝기도 했고, 또 누구보다 그녀의 도움이 절실했기 때문이다.

예전의 감정을 완전히 털어 낸 것은 아니었지만 서로를

마주하는 얼굴은 한결 편안해 보였다.

그러나 정주형은 안부를 물을 틈도 없이 용건부터 꺼내 들었다.

"그래서? 좀 알아봤어? 역시 남경이야?"

"맞아. 아무래도 그쪽인 것 같아."

하유선이 고개를 끄덕일 때마다 그녀의 얼굴을 가린 면사가 살랑거렸다.

제법 신경이 쓰였지만 정주형은 억지로 감정을 내리누르며 급한 것을 물어봤다.

"중간에 짤라 먹을 수 있을까?"

가장 이상적이면서도 현실적인 방안이었다.

저들이 남경에 들어서면 답이 없다 여긴 것이다.

그러나 그의 기대가 무색하게도 하유선은 고개를 가로저었다.

"어려울 거야. 무한 오라버니와 명진이란 사람도 따라잡는 데 애를 먹는 걸 보면 쉽지 않아."

"철 공자님? 명진?"

새로운 사실을 알게 된 정주형이 눈을 동그랗게 떴다.

하유선이 웃음이라도 터트린 듯 면사가 짤랑거리며 흔들렸다.

"너네 영역에서 벌어진 일인데 몰랐어? 하긴…… 우리가 서신을 보내기 전까지는 알지도 못했었지?"

"시끄러. 쓸데없는 소리 말고 내 질문에나 답해. 철 공자님과 명진이 정말 그 녀석들 뒤를 쫓고 있는 거야? 그런데도 못 잡고 있고?"

조금은 기분이 나쁠 수도 있는 정주형의 반응이었지만 하유선은 별다른 동요를 보이지 않았다.

오히려 드러난 눈길이 조금 더 차분해지며 신중한 몸짓으로 고개를 끄덕였다.

"맞아. 저들의 움직임이 워낙 교묘해서 따라가기 벅찬 것 같더라고. 아마 잡기 어려울 거야."

"너네는? 그걸 다 알고 있는 걸 보니까 너네는 어렵지 않아 보이는데?"

"우리도 어려워. 전체적인 큰 그림은 보는데 세세한 부분으로 들어가면 무한 오라버니와 마찬가지야."

"썩을. 그럼 어쩌지? 남경으로 들어가 버리면 답도 없는데……."

정주형의 얼굴에서 곤란함이 잔뜩 묻어났다.

그의 반응을 물끄러미 쳐다보던 하유선이 조심스럽게 질문했다.

"그…… 정무맹의 후기지수들……."

"어? 왜?"

"그 친구들과 많이 친해? 생각보다 너무 걱정하는 거 아냐? 결국은 적으로 만날지도 모르는데……."

하유선의 말에 정주형은 한순간 말문이 턱 막혔다.

그녀의 말이 틀리지 않았기 때문이다.

"네 말이 맞긴 한데……."

정주형이 나직이 한숨을 내쉬었다.

여전히 그들을 모른 체하기는 쉽지 않았던 터다.

"몇 년이나 함께 뒹굴었으니까. 우리 아버지보다 그 녀석들과 보낸 시간이 더 길지도 모를 정도로…… 그런데 어떻게 모른 척하겠어? 그건 다른 녀석들도 마찬가지일걸?"

정주형의 말에 하유선이 픽 웃음을 보였다.

그리고는 짐짓 섭섭하다는 얼굴을 하더니 투덜거리듯 말했다.

"나도 함께 보낸 시간은 만만치 않은데……."

"그게 우리 탓이냐? 난 아니라고 보는데."

자신의 투정을 받아 주지 않는 정주형의 반응에 하유선이 한숨을 내쉬었다.

여전히 시간이 더 필요할 듯싶었기 때문이다.

"아직은 이른가? 제법 시간이 흘렀다고 생각했는데……."

"네가 한 짓이 얼만데 벌써 그걸 잊겠냐? 시간이 한참은 더 필요할걸? 소화가 그 일을 잊으려면. 그러니까 그 일은 나중에 생각하고 무결이네 얘기부터 좀 더 해 봐. 일단은 그게 급하니까."

말을 돌리는 정주형을 쳐다보며 면사 아래로 하유선이
입술을 삐죽거렸다.

그러나 여전히 단호한 얼굴을 하고 있는 정주형을 확인
하고는 고개를 젓고 말았다.

"알았어. 그 얘기는 나중에 하고. 다시 말하지만 우리도
답이 없어."

"너희들이 가진 걸로 그물을 치고 몰아넣으면 걸릴 수도
있지 않을까?"

"그물로 들어가기보다는 관군에 붙어 버릴걸? 사방에 깔
린 게 관군이니까."

"그 정도는 어렵지 않게……."

"그랬다가는 독곡이 관군에 쓸려나갈지도 모르는데? 아
무리 감춘다 해도 쉽지가 않거든."

하유선의 말에 정주형이 끙하고 앓는 소리를 냈다.

곤란해하는 그를 물끄러미 쳐다보고 있던 하유선이 다시
목소리를 냈다.

"그래도 손 놓고 있는 것보단 그물이라도 쳐 보는 게 낫
긴 할 것 같은데……."

"아까는 안 된다며?"

"안 된다기보다는 성공하기가 어렵다는 거지. 물론 우리
는 나서지 않을 거야. 이유는 너도 잘 알고 있지?"

"썩을…… 이런 때까지 몸을 사리겠다는 거냐?"

"그게 성에 더 도움이 되는 일이니까. 우리가 나섰다가 꼬투리라도 잡혀서 변을 당하면 성은 눈이 가려지고 귀가 막히는 거나 다름없는 거니까. 당연히 몸을 사려야지."

정주형은 선뜻 반박할 수 없었다.

그녀의 말이 이치에 맞았기 때문이다.

그러나 정주형은 여전히 못마땅하다는 얼굴이었다.

하유선이 어깨를 들썩이며 다시 말했다.

"그런 얼굴 할 건 없고. 너 혼자 하라는 건 아니니까."

"나 혼자가 아니라고? 그, 그럼⋯⋯."

"다른 녀석들한테도 벌써 연락을 돌렸으니까 곧 소식이 올 거야."

하유선의 말에 정주형의 얼굴이 환하게 밝아졌다.

독곡의 몇몇 제자가 따르고 있긴 했지만 많이 부족하다 여겼기 때문이다.

그런데 하유선의 발 빠른 대응으로 그 부족함을 메울 수 있게 된 것이다.

"역시 차기 신무문주는 다르네? 그럼 난 뭘 하면 될까? 철 공자님과 명진이 찾아갈까?"

"네가 거길 왜 가? 가 봐야 발목이나 잡을 텐데."

"그럼?"

"그럼은 무슨. 네 입으로 말했잖아. 그물을 치고 기다리자고. 물론 성공한다는 보장도 없고, 실패할 확률이 압도적으로 높지만."

"그래도 안 하는 것보단 낫잖아? 그래서? 그물은 어디다 놓을 건데?"

"무한."

결국 저들이 거칠 곳은 그곳밖에 없었다.

뒤늦게 그녀와 같은 것을 본 정주형이 자리에서 벌떡 일어섰다.

"바로 움직이려고?"

"당연하지. 미적거려 봐야 좋을 것도 없고. 다른 녀석들한테는 네가 연락해 주고."

말을 쏟아 내며 걸음을 옮기던 정주형이 문고리에 손을 대다가 문득 하유선을 돌아봤다.

"근데 그 면사는 좀 치우고. 우리끼리 뭘 그렇게 부끄러운 것이 많다고."

그리고는 냉큼 문밖으로 나서는 정주형이었다.

그의 뒷모습을 물끄러미 쳐다보던 하유선이 고개를 저었다.

"네 말대로 나중에……."

반년 만에 햇볕을 받는 모용기가 한숨을 내쉬듯 말했다.

"오래 걸렸다."

보통 한 달, 길어야 두 달이었다.

그런데 이번에는 그 곱절의 시간이 훌쩍 지나간 것이다.

유진산이 쓴 약은 진즉에 씻어 냈지만 중간에 다른 생각이 든 탓이다.

"내 것 놔두고 남의 것을 탐할 필요가 없었는데……"

잘하는 것을 두고 못하는 것을 채우려 드니 성과가 크지 않았다.

어느 시점이 되면 급속도로 빠르게 진척될 일이라는 건 충분히 알고 있었지만 그조차도 한계가 있다 생각했다.

자신이 아무리 성장을 거듭한대도 같은 방식으로는 사마철을 넘어서지 못할 것이라는 판단이었다.

원래 자신이 잘하던 것에 집중하기로 마음을 먹었다.

그 시간이 무려 넉 달이었다.

한없이 짧게만 느껴지는 시간이었지만 더 이상은 여유가 없었다.

그리고 이제는 성과도 미미했다.

한계에 다다른 것을 본능적으로 알아차린 것이다.

"할 수 있는 건 다 했는데……"

모용기가 문득 제 허리에 걸린 검을 뽑아 들었다.

모처럼 빛을 받은 검신이 반짝이며 시선을 어지럽혔다.

모용기가 눈이 부신지 눈을 가늘게 뜨고는 제 검신을 쳐다보며 중얼거렸다.

"그 인간도 칼 맞으면 죽는 건 마찬가지겠지?"

가장 고민이 되는 부분이었다.

백년이 넘는 시간을 보낸 괴물을 상대로는 무엇 하나 확신할 수가 없었기 때문이다.

그러나 모용기는 얼른 고개를 저어 잡념을 털어 냈다.

"걱정해 봐야 달라지는 것도 없고 난 할 수 있는 것을 다 했으니까."

적어도 지난번처럼 맥없이 당하리라고는 생각하지 않았다.

그 정도면 해볼 만했다.

남은 것은 하늘의 뜻이다.

모용기가 시선을 들었다.

봄의 하늘은 가을 하늘처럼 높고 청명한 것은 아니었지만 어딘가 모르게 포근한 느낌이 물씬 풍겼다.

"어?"

그 때, 반가운 목소리가 모용기의 등 뒤에서 들려왔다.

모용기가 신형을 돌리자 눈을 동그랗게 뜨고 있는 제갈연이 그를 쳐다보고 있었다.

모용기가 히죽 웃으며 목소리를 냈다.

"거기서 뭐 해?"

"어? 그건 내가 하고 싶은 말인데? 언제 나온 거야?"

"방금."

"하던 건 다 끝났어? 나오면 나온다고 말을 하지 그랬어?"

"어? 미안. 나도 이렇게 갑자기 끝날 줄은 몰랐거든."

머쓱한 얼굴을 하는 모용기를 쳐다보며 픽 웃음을 흘리던 제갈연이 걸음을 옮겨 그에게 다가섰다.

그리고는 그의 주위를 빙글빙글 돌았다.

제법 신중한 눈길을 한 그녀의 모습에 모용기가 고개를 갸웃거렸다.

"뭐 하는 거냐?"

"어디 잘못된 곳 없나 해서…… 약기운 때문에 나올 때마다 힘들어했잖아. 이번에는 괜찮아 보이네?"

"이번에는 완전히 씻어 냈거든. 이전에 쌓였던 것까지 전부. 그러니까 그 문제는 더는 걱정할 필요 없어."

"진짜? 이번에는 다 씻어 냈어?"

"그렇다니까. 이제는 이전처럼 약기운 때문에 고생할 필요가 없어."

"다행이다. 매번 다 죽어 가는 얼굴을 하는 걸 보는 것도 힘들었다고."

환한 얼굴을 하던 제갈연은, 그러나 이내 다시 얼굴을 찌푸렸다.

모용기가 고개를 갸웃거렸다.

"왜 그래?"

"그, 그게…… 할아버지가 더 독한 약을 써야겠다고……."

제갈연의 말을 단번에 알아들은 모용기였다.

모용기가 고개를 저었다.

"어째 기척이 안 느껴진다 했더니 또 약 구하러 가셨나 보네. 이제는 그럴 필요 없는데."

"응? 그게 무슨 말이야?"

"말 그대로야. 이제는 그럴 필요 없어. 해 봐야 더 늘지도 않거든."

모용기의 모호한 대구에 제갈연의 얼굴에 의문이 생겨났다.

"그러니까 그게 한계에 달했다는 거야, 아니면 끝을 봤다는 거야?"

"뭐가 됐든. 그보다 먹을 것 없어? 몇 달이나 육포 쪼가리만 먹고 버텼더니 죽겠더라고. 제대로 된 것 좀 먹고 싶은데."

"그건 금방…… 아니, 대답부터 해 봐. 더 늘지도 않는다는 거 대체 무슨 의미야?"

제갈연이 자신의 호기심을 놓지 않았다.

눈을 동그랗게 뜬 채 자신을 쳐다보고 있는 그녀를 향해 픽 웃음을 보인 모용기가 제갈연의 팔을 잡아끌었다.

"밥부터 먹자니까. 나 진짜 힘들었다고."

"아, 아니 그러니까 그것부터……."

모처럼 제대로 된 음식이었지만 모용기는 의외로 침착한 모습을 보였다.

예전처럼 허겁지겁 들이붓고 보는 게 아니라 이것저것 깔짝이며 맛만 보는 수준이었다.

제갈연이 고개를 갸웃거리며 말했다.

"왜? 맛이 없어?"

"그럴 리가. 누가 해 준 건데. 네가 해 주는 거면 독약이라도 산해진미보다 더 맛있는데?"

모용기의 능청에 제갈연이 얼굴을 찌푸렸다.

"그렇게 말 돌리지 말고. 뭐가 잘못되었는지 말해야 다음부터는 조금 더 신경을……."

"아니라니까. 진짜 맛있어. 태어나서 먹어 본 음식들 중에 제일 맛있는데."

"그런데 왜 그래? 예전에는 누가 손댈 틈도 없이 다 털어 넣더니."

"아, 그게……."

모용기가 망설이는 얼굴을 하며 말을 아꼈다.

그의 곤란함을 알아본 제갈연이 한숨을 폭 내쉬며 말했다.

"아직도 무슨 비밀이 그렇게 많은 건지. 됐어. 맛이 없으면 그만 먹어. 다시 해 줄 테니까."

"아니. 맛있다니까. 그냥 하는 말이 아니라고."

"그런데 왜 그러는데? 못 먹을 거 먹는 것처럼 깨작깨작."

"그게 아니고. 이걸 뭐라고 해야 하지?"

모용기가 젓가락을 멈춘 채 잠깐 고민하는 듯한 얼굴을 했다.

그제야 음식의 문제가 아니라는 것을 알아챈 제갈연이 의아함이 가득한 얼굴로 목소리를 냈다.

"맛이 문제가 아니면 다른 문제?"

"그렇긴 한데, 이걸 뭐라고 해야 할지 모르겠네. 이게 잘 안 넘어가는데 이유를 모르겠어."

모용기의 대꾸에 제갈연이 불안하다는 얼굴을 했다.

"혹시 약기운이 남아서……."

나올 때마다 남은 약기운 때문에 한참이나 고생을 했던 모용기였다.

유진산의 도움이 없었다면 분명 어디가 잘못되었을 것이다.

그 부분에 생각이 미친 제갈연이 불안하다는 얼굴을 하는 것도 무리가 아니었다.

그러나 모용기는 이번에도 고개를 저었다.

"그건 다 씻어 냈다고 했잖아. 걱정할 필요 없어."

모용기가 단호하게 고개를 저었다.

그러나 제갈연은 불안감이 완전히 가시지 않은 얼굴이었다.

"진짜라니까. 이번에는 완전히 씻어 냈다고. 걱정할 필요 없다고."

"그런데 왜 그런……?"

"그러니까 나도 고민하는 거잖아. 왜 음식을 못 받아들이는지. 큰 문제가 아닌 것 같긴 한데……."

또다시 고민하는 듯한 얼굴을 하던 모용기는 이번에도 오래가지 못하고 고개를 젓고 말았다.

"별일이야 있겠어? 문제가 되면 나중에 할아버지한테 물어보면 되는 거고."

"잘못되면 어쩌려고? 그게 그렇게 쉬운 문제가……."

"됐다니까. 문제없을 거야. 그보다 넌 별문제 없었어? 할아버지한테 이것저것 배우는 것 같더니."

제갈연 역시 5년이란 시간을 넋 놓고 보낸 것은 아니었다.

모용기는 유진산을 붙들고 이것저것 배우는 그녀를 놓치지 않았던 것이다.

"나야 뭐 할아버지께서 계신데…… 어?"

어깨를 으쓱하며 별것 아니란 투로 대꾸하던 제갈연이 한순간 눈을 동그랗게 떴다.

"왜 그래? 진짜 무슨 일이 있었던 거야?"

"나 말고 무결이. 무결이와 운현이가 저들한테 잡혔다던데?"

"응? 그건 또 무슨 말이야?"

모용기가 제갈연이 그랬던 것처럼 눈을 동그랗게 떴
다.

그리고는 그녀가 하는 말을 유심히 듣는가 싶더니 결국
에는 한심하다는 얼굴을 했다.

"지난번에는 무일이네더니 이번에는 무결이네 녀석들이
냐? 너 한 입, 나 한 입도 아니고 이게 뭐 하는 짓이야?"

"이게 그렇게 쉽게 말할 문제가…… 당장이라도 가 봐야
하는 거 아니야?"

"명진이 녀석과 무한이가 갔다며? 그 정도면 됐지 뭘 가
봐?"

"그렇다고 해도 지난번에 그 고수들이 있을지도 모르는
데?"

"걱정할 필요 없어. 내가 아는 명진과 철무한이 맞다면
지난 5년간 놀고만 있었을 리는 없을 테니까. 알아서 잘할
거야."

"하지만 그 노도진이라는 작자도……."

제갈연이 노도진을 거론하자 모용기가 미간을 좁혔다.

다른 이들이라면 몰라도 노도진과 천호는 문제가 될 소
지가 다분했기 때문이다.

그러나 결론은 같았다.

"그렇더라도 할 수 없어. 이제는 움직여야 하거든. 순무

대전이 얼마 남지 않았으니까. 그 영감탱이가 더는 기다려 주지도 않을 것 같고."

모용기의 말에 제갈연이 덩달아 심각한 얼굴을 했다.

제갈연이 그의 눈치를 보며 조심스럽게 질문했다.

"자신은 있어?"

"나도 몰라."

모용기의 짧은 대꾸에 제갈연의 두 눈이 불안하게 흔들렸다.

모용기가 픽 웃음을 보였다.

"그런 얼굴을 할 건 없고. 내가 지더라도 그 인간 역시 무사하지는 못할 테니까. 그 정도는 될 것 같거든. 남은 이들이 있으니까 그 정도면 충분하지."

"그게 무슨 소용이야? 네가 죽으면 그게 다 무슨……."

제갈연은 여전히 불안한 기색을 감추지 못했다.

모용기가 부드럽게 웃으며 그녀의 손을 잡았다.

"안 죽어. 무슨 일이 있어도 살아남을 거니까. 걱정 안 해도 돼. 약속할게."

억지로 안심시키려는 말이라는 것을 잘 안다.

그러나 외면하기가 쉽지 않았다.

제갈연이 어색하게 웃으며 고개를 끄덕였다.

"이번에는 약속 지켜."

"젠장."

낯선 이들의 손에 이끌려 가는 운현의 얼굴은 잔뜩 일그러져 있었다.

제대로 속이 상했던 탓이다.

천영영이 옆을 지키고 있지 않았다면 몇 번이고 발악을 하고도 남았을 터다.

주진성이 운현을 툭 치며 말했다.

"적당히 해. 그래 봐야 너만 손해라고."

"이 자식이. 넌 어떻게 생겨 먹은 녀석이 어째 하는 짓은 무결이보다 더하냐? 저건 거지라서 그런다 치지만 너는……."

"거지나 도사나. 다른 이들도 마찬가지고. 안 되는 것에 열 내 봐야 속만 쓰리는 건 다 똑같다니까."

"그래서? 이렇게 손 놓고 있자고? 그러고 싶냐?"

운현의 말에 주진성은 대답 대신 주변으로 시선을 돌렸다.

아닌 척하곤 있었지만 주위를 단단히 에워싼 무리는 자신들의 일거수일투족을 놓치지 않겠다는 듯 귀를 쫑긋 세우고 있는 모습이었다.

지금은 때가 아니었다.

주진성은 가만히 고개를 저었다.

그의 체념한 듯한 모습에 한 번 더 발끈하려던 운현은 주진성이 슬며시 손을 잡아 오자 흠칫 몸을 떨었다.

"너 이 자식. 혹시 그런 취향은⋯⋯?"

주진성이 얼굴을 와락 구겼다.

"아니라고."

"그럼 이건 뭔⋯⋯ 어?"

자신의 손을 파고드는 따스한 기운에 운현이 눈을 동그랗게 떴다.

그러나 이전과 같은 얼굴을 하며 주진성의 손을 뿌리쳐 냈다.

"썩을 놈아. 난 영영이가 있다고. 이게 어디서 허튼 수작이야?"

운현이 주진성을 향해 잔뜩 인상을 긁어 주고는 휙하고 몸을 돌렸다.

그리고는 천영영의 옆으로 다가가 그녀의 손을 잡았다.

운현의 갑작스런 움직임에 천영영이 당황한 얼굴을 했다.

"어? 갑자기⋯⋯?"

"저 자식이 날 노리잖아."

운현이 주진성을 향해 턱짓했다.

황당하다는 얼굴을 하던 천영영은 운현이 그랬듯 따스한

기운이 장심으로 파고들자 가만히 입을 닫았다.

그러나 오래지 않아 손을 빼는 천영영이었다.

"그래도 사람 많은 곳에서는 좀……."

천영영이 발그레 얼굴을 붉히며 운현을 밀어냈다.

운현이 떨떠름한 얼굴로 그녀를 쳐다봤다.

'여자는 다 요물이라더니…… 영영이는 안 그럴 줄 알았는데.'

천영영이 고개를 갸웃거렸다.

"왜 그래?"

"아냐, 아무것도……."

운현이 얼른 고개를 저었다.

그리고는 석대림과 소무결을 힐끔 쳐다보고는 다시금 미간을 좁히는 운현이었다.

'쟤네들 손도 잡아야 하나?'

밤이 깊어지자 하나둘씩 눈을 뜨기 시작했다.

자신을 중심으로 조심스럽게 모여드는 친우들을, 그중에서도 주진성을 콕 찍어 쳐다보며 소무결이 중얼거렸다.

"개똥도 약에 쓸 일이 있다더니……."

"뭐 이 자식아?"

주진성이 발끈한 얼굴을 하자 천영영이 얼른 그를 만류했다.

"쉿! 지금 목소리 높일 때가 아니라고."

"하지만 저 자식이……."

"그 얘기는 나중에 하고. 그보다 무결아, 이제 어떻게 하지?"

"흐음……."

천영영의 질문에 소무결이 고민하는 듯한 얼굴을 했다.

운현이 얼굴을 구기며 으르렁거렸다.

"고민할 것 뭐 있어? 다 썰어 버리면 되는 거지. 이것들이 겁도 없이 누굴 건드려?"

"넌 좀…… 입만 열면 다 죽여 버린대."

"그럼 저것들을 그냥 두겠다고? 난 그 꼴은 못 보겠는데? 당한 게 얼만데."

천영영과 운현의 작은 다툼을 소무결이 손을 뻗어 막아섰다.

"좀 가만히 있어 봐. 지금 생각하는 거 안 보여?"

"그러니까 생각할 게 뭐 있냐고? 다 썰어 버리면 되는 거지."

"입 좀 다물어 봐. 이러다가 저 자식들 다 깨겠다. 저것들 다 써는 게 문제가 아니라 우리한테 유리한 방향으로 움직여야 할 거 아니야?"

소무결의 말에 운현이 끙하고 앓는 소리를 냈다.

여전히 불만이 가득한 얼굴을 하고 있던 운현은 또다시

생각에 빠져드는 소무결의 모습에 더는 말을 붙이지 못했다.

그 때 눈치를 보고 있던 석대림이 주진성을 툭툭 치며 말을 돌렸다.

"그런데 형님, 그거 어떻게 한 겁니까? 그 약 생각보다 지독하던데 그걸 어떻게 뚫을 생각을 한 겁니까?"

저들이 쓴 약은 목숨에는 지장을 주지 않았지만 일행을 완전히 무력화시키기에는 부족함이 없었다.

산공독의 일종인 것 같았지만 일반적인 그것보다 더 지독한 모습을 보여 줬다.

내력을 끌어 올릴 때마다 기혈을 칼로 긁어 대는 듯한 통증을 유발하는 터라 속수무책이었다.

그래서 소무결이나 운현보다, 그리고 어쩌면 석대림 자신보다도 내력의 성취가 낮아 보이는 주진성이 그 일을 해결하자 의외라는 얼굴을 한 것이다.

주진성은 아무것도 아니라는 얼굴로 어깨를 들썩일 뿐 입을 열지 않았다.

여전히 석대림이 어색한 탓이다.

그 점을 눈치 챈 천영영이 석대림의 말에 대꾸했다.

"얘네 주변에 당가와 독곡이 있어서 그래. 주변에 독을 쓰는, 그것도 강호에서 둘째가라면 서러울 문파가 둘이나 있는데 아무런 대비를 하지 않는다는 게 말이 안 되지."

"아……."

석대림이 그제야 알겠다는 듯이 고개를 끄덕였다.

그리고는 이번에는 의아하다는 얼굴로 고개를 갸웃거렸다.

"그런데 누님은……."

아미 역시 청성과 같은 상황이었던 탓이다.

석대림의 질문을 알아들은 천영영이 고개를 저으며 말했다.

"우린 해약에 집중했거든. 그런데 저 썩을 놈들이……."

잡히자마자 탈탈 털어 갔던 것을 되짚은 것이다.

석대림이 알아들었다는 얼굴로 고개를 끄덕였다.

"무슨 말인지 알 것 같아요. 그보다 이거 신기하네요. 단단히 틀어막고 있더니 조그마한 틈이 생기자마자 한 번에 무너지는 게. 원래 산공독이란 게 이런 겁니까?"

"아니, 원래 이런 건 아니고. 이게 좀 특이한 것 같던데? 그렇지, 진성아?"

천영영의 물음에는 주진성이 고개를 끄덕였다.

"맞아. 저기 남쪽에 있는 놈들이 쓰는 건데 좀 특이한 면이 있지."

"그러게. 뭐가 이렇게 허술해? 조금 틈을 만들었다고 한 번에 무너지는 게. 쟤네들 우리를 너무 띄엄띄엄 보는 거 아니야?"

207

천영영의 말에 주진성이 픽 웃으며 고개를 저었다.

"내력을 움직일 때마다 통증이 상당했던 거 기억 안 나? 보통은 그 통증 때문에 내력을 움직일 생각도 하지 않는다고. 내부를 칼로 긁어 대는 것 같으니까. 내가 틈을 만들 줄은 상상도 못 했을걸?"

자신의 말에 천영영이 납득한 얼굴을 하자 주진성이 소무결을 돌아봤다.

"아직도 멀었어? 이제 시간도 충분히 준 것 같은데."

소무결이 얼굴을 찌푸리며 주진성을 흘겨봤다.

"썩을…… 숨 몇 번 쉬었다. 충분한 시간은 무슨."

"지금 같은 상황에서는 그 정도면 차고 넘치지. 이제 어쩔 건지 말이나 해 봐. 운현이 말대로 저것들 다 썰어 버려?"

주진성의 말에 운현이 눈을 반짝였다.

소무결이 한숨을 내쉬며 고개를 저었다.

"그냥 튀자."

소무결의 결론에 운현이 먼저 얼굴을 찌푸리며 반응했다.

"뭐? 그게 무슨 말이야? 그러면 이 치욕을……."

"치욕은 무슨. 그냥 좀 끌려다닌 거 가지고. 그냥 튀자. 그게 좋겠다."

여전히 받아들이지 못하겠다는 얼굴을 한 운현을 향해

천영영이 손을 뻗었다.

운현을 만류한 천영영이 다시 목소리를 냈다.

"그래도 되겠어? 그냥 이렇게 가도?"

천영영의 진지한 얼굴에 소무결이 쩝하고 입맛을 다셨다.

그리고는 그들이 있을 만한 방향을 힐끔거리며 목소리를 냈다.

"원래는 저들이 가자는 대로 가 볼까 고민도 해 봤는데……."

"그런데?"

"아무래도 별로 좋은 생각은 아닌 것 같아서. 거기서 뭐가 튀어나올 줄 알고? 차라리 멀리서 쫓아다니는 게 낫겠다 싶더라고."

천영영이 납득했다는 듯이 고개를 끄덕였다.

운현을 제외한 다른 이들 역시 마찬가지의 모습이었다.

불만이 가득한 얼굴의 운현을 힐끔 쳐다본 소무결이 고개를 저으며 자리에서 일어섰다.

"저것들 다 죽여서 무슨 득이 있다고? 괜한 짓 말고 일단 나가자."

다른 이들 역시 소무결을 따라 자리에서 일어서자 운현이 할 수 없다는 얼굴로 그들을 따랐다.

"썩을…… 운도 좋은 자식들."

석대림이 운현의 어깨를 툭 치며 말했다.

"그냥 잊어버려요. 무결이 형님 말대로 저들이 무슨 짓을 한 것도 아니고 그냥 끌고 다닌 게 단데."

"시끄러, 자식아. 강호에서는 그것도 큰 문제라고. 이것들은 하나같이 성인군자 흉내 내고 있어? 그러다가 된통 당해 봐야 정신 차리지."

투덜거리는 운현을 모른 체하며 소무결이 사당의 문을 열었다.

끼이익하는 자그마한 소리와 함께 모습을 드러낸 사당의 외부.

칠흑 같은 어둠에 휩싸여 있던 내부와 달리 달빛이 흘러들어 사물을 구분하는 것이 어렵지 않았다.

그러나 소무결은 두 눈에 의지하기보다는 기감을 선택했다.

가만히 눈을 감고 한동안 무언가를 탐색하는 듯하던 소무결이 눈을 뜨자마자 뒤를 돌아보며 고개를 끄덕였다.

"괜찮은 것 같아. 이 자식들 생각보다 허술하네."

정무맹이나 패천성, 혹은 다른 거대 문파들 같은 치밀함은 보이지 않았다.

그리고 그것이 다행이라 생각한 소무결이었다.

굳이 칼질을 하며 힘을 뺄 이유가 없었기 때문이다.

소무결이 조심스럽게 움직이기 시작하자 일행이 그 뒤를

따랐다.

처음에는 답답하다 싶을 정도로 느리게 움직이던 그들은 어느 구간을 지나치자 한순간에 속도를 붙였다.

단번에 저들에게서 벗어난 소무결이 뒤를 돌아보며 말했다.

"잠깐 쉬자. 어차피 멀리 갈 이유는 없으니까."

어차피 저들의 뒤를 따를 생각이었기 때문이다.

그 때, 운현이 허전하다는 듯이 주먹을 쥐었다 폈다를 반복하다가 소무결을 쳐다봤다.

"그런데 내 검은……."

"그거 비싼 거냐?"

"그건 아닌데……."

운현의 대답에 소무결이 시선을 돌려 천영영과 주진성을 쳐다봤다.

그들 역시 가만히 고개를 저었다.

"그냥 일반적인 거."

"싸구려 철검. 강호에 좋은 검을 들고 다니는 건 고수들이나 가능하니까."

소무결이 고개를 끄덕였다.

"시장에서 대충 하나 사."

"썩을…… 손에 익은 건데……."

운현이 아쉽다는 얼굴을 했다.

그러나 이내 고개를 휘휘 젓더니 큰 나무 아래로 가서는 아무렇게 주저앉으며 등을 기댔다.

"이제 쉴 거지? 누가 먼저 번을 설래?"

석대립이 냉큼 앞으로 나섰다.

"제가 먼저 하겠습니다. 형님들 먼저 쉬세요."

"그래? 그럼…… 어?"

버릇처럼 고개를 끄덕이려던 운현이 한순간 눈을 동그랗게 떴다.

무심코 올려다본 나무 위.

제법 굵은 나뭇가지 위로 아무렇게나 걸쳐져 있던 어둠에 휩싸인 인영과 눈을 마주친 탓이다.

운현이 반사적으로 몸을 일으키며 목소리를 높였다.

"누구냐!"

운현의 목소리에 그제야 적의 존재를 알아챈 일행이 덩달아 긴장한 얼굴을 했다.

그중에서 소무결의 반응이 가장 빨랐다.

"내려와라!"

소무결이 버럭 소리를 지르며 냅다 일장을 뻗어 냈다.

제법 요란한 타격음이 들리더니 소무결의 강력한 장력을 버텨 내지 못한 굵은 나뭇가지가 우드득 소리를 내며 부서져 내렸다.

쿵하며 어둠 속에서 희뿌옇게 먼지가 피어올랐다.

그러나 원하는 것은 얻지 못했다.

어느새 다른 나뭇가지로 옮겨 간 인영을 놓치지 않은 소무결이 으르렁거리듯 이를 갈며 말했다.

"내려오라고 했다."

소무결의 목소리에 어둠 속에서 유난히 빛을 발하고 있던 두 개의 눈동자가 반달처럼 휘어졌다.

"내려가면? 재미있게 해 줄 텐가?"

목소리가 웅웅거리듯 귓가를 파고들었다.

순간 머리가 핑하고 도는 느낌이었다.

"젠장!"

소무결이 재빨리 내력을 끌어 올려 내부를 보호했다.

그리고는 얼른 친우들을 돌아봤다.

잠깐 비틀거린 주진성 정도를 제외하면 별다른 문제는 없는 모습이었다.

소무결이 안도의 한숨이라도 내쉬려는 찰나, 운현이 시커먼 잔상을 남긴 채 그 자리에서 뛰어올랐다.

"내려와, 이 자식아! 어?"

쾅!

"컥!"

운현이 튀어 오르던 것보다 더 빠르게 내리꽂혔다.

천영영이 얼른 손을 뻗어 운현을 받아 내려 했지만 그녀로서는 무리였다.

퍽!

"꺄악!"

적의 힘을 감당하지 못한 천영영이 운현과 한 덩어리가
되어 바닥을 굴렀다.

"형님! 누님!"

석대림이 급하게 그들에게 다가갔다.

힘 한 번 써 보지 못하고 바닥을 구르는 그들을 힐끔 쳐
다본 주진성이 딱딱한 얼굴로 소무결을 쳐다봤다.

"어쩔 거지?"

소무결이 침을 꿀꺽 삼키며 나무 위를 쳐다봤다.

"넌 누구냐?"

"알아서 뭐 하게?"

"응?"

"뭘 못 알아듣는 척인가? 내가 누군지 안다고 달라질 것
이 있나? 쓸데없는 의문은 접어 두고 있던 자리로 돌아가는
것이 어떤가?"

그의 말에 한 가지는 명확하게 알게 된 소무결이었다.

"당신 혹시 저들과……?"

"눈치가 없군. 그러면 내가 할 일이 없어서 여기서 자네
들을 기다리고 있었겠나?"

"썩을……."

소무결이 얼굴을 와락 구겼다.

그 때, 운현이 입가의 피를 슥 닦아 내며 소무결의 옆으로 다가섰다.

운현이 위를 올려다보며 이를 갈며 말했다.

"눈치가 없는 건 네놈이고. 순순히 돌아갈 거였으면 미쳤다고 저길 빠져나왔을까? 까불지 말고 내려와. 내려와서 제대로 한번…… 어?"

그러나 운현은 이번에도 말을 끝까지 잊지 못하며 눈을 동그랗게 떴다.

어딘가 흐릿해 보이는 인상을 지닌 사내가 어느새 그의 앞에 모습을 드러냈기 때문이다.

그리고 이번에는 뒤에 있던 천영영의 반응이 더 빨랐다.

"노도진?"

잊을 수가 없는 얼굴이었다.

운현 역시 뒤늦게 노도진을 알아보고는 기겁을 하며 물러섰다.

"미, 미친! 저 괴물이 왜……."

잔뜩 긴장한 것은 소무결과 석대림 역시 마찬가지였다.

주진성 역시 딱딱한 얼굴로 일행의 곁으로 주춤주춤 다가섰다.

그리고 그들과 한 번씩 시선을 맞추던 노도진이 턱짓을 했다.

"다시 돌아가. 괜히 힘 빼지 말고."

별다른 기세도 내력도 느껴지지 않는 맥없는 목소리였지만 소무결 등에게 심각한 고민거리를 던져 주기에는 충분했다.

소무결 등이 이러지도 저러지도 못하고 머뭇거리는 것을 확인한 노도진이 재차 목소리를 내려다가 눈매를 가늘게 떴다.

노도진의 작은 변화에도 심장이 쿵 떨어지는 듯한 느낌을 받은 소무결이 당황한 얼굴로 더듬더듬 목소리를 냈다.

"왜, 왜…… 어?"

그러나 자신의 시야를 가리는 넓은 등에 눈을 동그랗게 뜨는 소무결이었다.

소무결 등을 등 뒤에 둔 철무한이 노도진을 노려보며 히죽 웃음을 보였다.

"오랜만이군."

노도진이 흐릿하게 웃었다.

"누군가 했더니, 지난번에 그 꼬맹이였군."

"꼬맹이? 난 그런 소리를 들어 본 적은 없는데? 원래 커서."

"덩치만 크면 다인가? 하는 짓이 미숙한데."

"그런 시기는 오래 전에 끝났고. 그보다 아직은 당신이 움직일 때가 아닌 걸로 아는데. 시간이 좀 더 남지 않았나?"

"호오…… 그 모용기인가 하는 놈을 제외하면 어떤 놈들인가 했더니, 네 녀석이 그중 하나였나?"

노도진이 눈을 반짝이며 철무한을 아래위로 훑었다.

그리고는 조금은 아쉽다는 얼굴을 했다.

"영 미숙해 보이는데……."

"그런 시기는 오래전에 끝났다고 했다. 당신이 신경 쓸 일도 아니고. 그보다 내 질문에 대답이나 하지 그래? 아직 시간이 남았다고. 분명 건드리지 않겠다고……."

날을 세우는 철무한의 얼굴을 마주한 노도진이 픽 웃음을 보이며 고개를 저었다.

"그렇긴 하지. 그런데 떠먹여 주는 것도 뱉어 내라고는 하지 않으셨거든."

"웃기지도 않는 소리는 하지 말고. 고작 그런 걸로 당신이 움직였다고? 다른 이도 아닌 당신이?"

어이가 없다는 얼굴로 고개를 절레절레 젓는 철무한을 쳐다보며 노도진이 눈매를 가늘게 좁혔다.

그의 말에서 위화감이 느껴졌기 때문이다.

"어째 나를 잘 안다는 말투인데……."

"당연히 잘 알지."

"네놈이? 어떻게? 무슨 수로? 혹……."

다양하게 같은 의미를 지닌 말을 쏟아 내던 노도진이 한순간 멈칫하더니 다시금 눈매를 가늘게 좁혔다.

"네 조부가 알려 준 것이냐?"

짚이는 것은 유진산 정도였다.

그라면 자신에 대해 충분히 알고 있으니, 그가 알려 줬다면 이상할 것도 없다 생각한 것이다.

그러나 철무한은 노도진의 기대를 배신하기라도 하듯 고개를 저었다.

"우리 할아버지가 그런 것까지 다 말해 주실 정도로 말이 많으신 분은 아니거든. 당신도 잘 알 텐데?"

제 짐작이 틀리자 노도진이 얼굴을 찌푸렸다.

"네 조부가 아니라고? 그런데도 날 안다고? 대체 어떻……."

"그건 중요한 게 아니고."

철무한이 고개를 저어 노도진의 말을 잘라 냈다.

그리고는 구룡도를 뽑아 들어 노도진을 향해 겨누었다.

"어차피 이렇게 된 거 지금 결론을 내는 것이 어때? 굳이 기다릴 이유도 없지 않나?"

거무튀튀한 구룡도로 노도진이 시선을 던졌다.

모처럼 만나는 아홉 마리의 용은 여전히 반가웠다.

그러나 노도진은 속내를 감춘 채 빈정거리듯 말했다.

"아홉 개의 용이라…… 건방지군. 네 녀석에게 용의 주인이 될 자격이 있다고 생각하나?"

"그렇다고 당신한테 자격이 있는 건 아니지."

"그건 모르는 것이 아닌가?"

"내 말이 틀렸다고 생각하면 직접 증명해 봐."

그 말과 동시에 철무한이 자신의 구룡도를 휙 그었다.

순식간에 모습을 드러낸 반월형의 도기에 노도진이 흥미롭다는 얼굴을 했다.

"호오……."

내력의 수발이 자유롭다는 것을 한 움직임으로 알아본 것이다.

그러나 딱 거기까지였다.

노도진이 가볍게 휘두른 소매가 철무한의 검기를 틀어 버린 것이다.

하늘 높이 솟구치는 자신의 검기를 확인한 철무한이 얼굴을 찡그렸다.

"이거 진짜 증명하는 거 아니야?"

"마음에도 없는 말을…… 제대로 힘을 쓰지도 않은 것 같은데."

"그걸 알아봤다는 것 자체가 문제 아닌가? 속일 수 있다고 생각했는데."

"네 조부라면 모를까, 아직 십 년은 빠르다."

"고작 그것 좀 알아봤다고 너무 우쭐한 거 아냐? 십 년이 빠른지 아닌지는 제대로 맞서 봐야 아는 거고."

철무한이 다시금 노도진을 향해 구룡도를 겨누었다.

딱히 검기를 내보이지도 않은 그의 도에 한순간 쿵하는 울림이 들리는 듯한 착각이 들었다.

철무한이 구룡도를 뽑아 든 후 노도진이 처음으로 다른 얼굴을 했다.

조금은 의외라는 듯한 표정이었다.

"도력까지? 이거 정말 제법이로군."

"이제 제대로 해볼 마음이 들었나?"

여전히 날을 세우고 있는 철무한과 그의 구룡도를 번갈아 쳐다보며 노도진이 잠시 고민하는 듯한 얼굴을 했다.

그러나 결론은 어렵지 않았다.

노도진이 고개를 저었다.

"생각이 변했다."

"무슨 의미지?"

"뭐겠나? 오늘은 살려 주겠다는 말이지."

"빌어먹을 자식이 지금 나를…… 헛!"

한순간 철무한이 기겁을 하며 구룡도를 들어 올렸다.

퍽하는 타격음이 묵직하게 울려 퍼지더니 철무한이 삼장이나 주르륵 밀려나며 길게 선을 그렸다.

양팔을 타고 자르르한 울림이 전신으로 퍼져 나갔다.

"썩을!"

철무한이 제자리에서 급하게 회전했다.

무형의 기파가 팟하고 퍼져 나가더니 근처 흙바닥에 깊은 흔적을 남겼다.

자욱이 피어오르는 흙먼지를 단 한 번 구룡도를 휘두르는 것으로 걷어 낸 철무한이 이전보다 더 멀어진 거리의 노도진을 노려보며 으르렁거렸다.

"제대로 해…… 어?"

한순간 철무한이 두 눈을 동그랗게 떴다.

노도진의 신형이 한순간 스르륵 흩어져 내렸기 때문이다.

그리고 그 순간 자신의 귓전으로 파고든 목소리에 철무한이 흠칫 몸을 떨었다.

"석 달 남았나? 모처럼 기대가 되니까 실망시키지 말도록."

참룡
회귀록

斬龍回歸錄

참룡
회귀록

斬龍
回歸
錄

89 章.

철무한이 제법 오랜 시간을 멍청한 얼굴로 그 자리에서 미동도 하지 않았다.

심각한 얼굴을 하고 있는 그의 모습에 소무결 등이 차마 다가갈 생각도 하지 못했다.

그러나 마냥 시간을 보낼 수는 없는 노릇이었다.

소무결이 운현의 팔을 툭툭 쳤다.

"왜?"

"가서 말 좀 해 보라고. 언제까지 여기서 이러고 있을 수는 없잖아?"

"그걸 왜 나한테 그래? 네가 해, 자식아."

"난 쟤랑 안 친하잖아. 알면서 왜 그래?"

"그럼 난 뭐 친하냐? 너나 나나 마찬가지……."

그 때 천영영이 소무결과 운현의 등을 짝하고 쳤다.

"앗! 따거!"

"뭐, 뭐야?"

천영영이 한심하다는 얼굴로 고개를 젓더니 둘 사이를 스쳐 지나갔다.

그리고는 여전히 고민하는 듯한 얼굴을 하고 있는 철무한에게 다가가 말을 건넸다.

"좀 괜찮니?"

"어? 어?"

그제야 두 눈에 초점이 돌아오는 철무한이었다.

철무한이 어리둥절한 얼굴로 자신을 쳐다보자 천영영이 다시 말했다.

"좀 괜찮냐고. 어디 다친 데는 없고?"

"그럴 리가 있겠어? 제대로 싸워 보지도 못했는데. 그보다 너희들은 어떻게 된 거야? 왜 그 인간이랑……."

"우리도 몰라. 간신히 해독하고 몸을 빼려고 했더니 갑자기 나타나서."

천영영의 말에 철무한이 눈을 동그랗게 떴다.

"그걸 풀었어? 그 약 되게 독한데?"

그 때 기회만 보고 있던 소무결이 끼어들었다.

"그러니까 말이야. 개똥도 약에 쓸 일이 있다고 진성이한테 그런 재주가 있을 줄 누가 알았겠어?"

"진성이? 청성?"

철무한이 의외라는 듯한 얼굴로 주진성을 쳐다봤다.

그러나 여전히 그와 거리감을 느꼈던 주진성은 그의 시선을 외면하며 소무결을 향해 얼굴을 구겼다.

"이 자식! 자꾸 개똥, 개똥 할 거야? 누구 덕에 빠져나왔는데?"

"별것도 아닌 것 가지고 생색은. 그냥 가만히 있어도 무한이가 구하러 왔겠구만."

"뭐, 인마? 뭐 이딴 자식이…… 내가 너 두 번 다시 도와주나 봐라."

뻔뻔한 소무결의 얼굴을 쳐다보며 주진성이 이를 바득바득 갈았다.

운현이 한숨을 쉬며 고개를 젓고는 철무한을 쳐다보며 제 의문을 말했다.

"그보다 넌 어떻게 따라온 거야? 딱 봐도 따라잡히지 않으려고 오는 길에 별짓을 다 하던데."

운현의 질문에 철무한이 별것 아니란 투로 대꾸했다.

"지들이 그래 봤자지. 일단 방향이 잡히니까 갈 곳은 뻔하더라고."

"갈 곳이 뻔해? 그게 어딘데?"

운현이 고개를 갸웃거렸다.

운현의 반응에 철무한이 의아하다는 얼굴을 했다.

"너 혹시 모르냐?"

"뭘?"

"그게 남⋯⋯."

그 때, 소무결이 얼른 나서며 철무한의 말을 잘랐다.

"그보다 명진은? 명진은 어디다 버리고 너 혼자 온 거냐? 그 자식은 어디 있어?"

급하게 자신의 입을 틀어막으며 말을 돌리는 소무결의 모습에, 잠시 어리둥절한 얼굴을 하던 철무한이 곧 픽하고 웃음을 흘렸다.

소무결의 의도를 어렵지 않게 알아챈 것이다.

"쓸데없는 짓을⋯⋯ 이제 얼마 남지도 않았는데⋯⋯."

"뭐가? 뭐가 얼마 남지도 않았는데?"

운현이 여전히 어리둥절한 얼굴로 고개를 갸웃거렸다.

그러나 철무한은 이번에는 고개를 저었다.

"됐다. 나중에 기아 녀석 만나면 물어봐. 아무래도 그 자식이 틀어막은 것 같으니까."

"아니, 그러니까 뭘?"

운현이 재차 의문을 표했다.

그러나 철무한은 여전히 고개를 저을 뿐이었다.

운현이 조금은 불만스런 얼굴을 할 때, 소무결이 얼른 끼어들며 다시 말을 돌렸다.

"명진은? 명진은 어디 있냐고? 그 자식은 어떻게 된 거야?"

"몰라, 나도. 금방 따라올 줄 알았는데 생각보다 느리네."

"어디서 헤어졌는데?"

"묘강."

"허……"

철무한의 대구에 소무결이 어이가 없다는 듯이 헛웃음을 흘렸다.

그리고는 얼른 고개를 젓고는 다시 말했다.

"그걸 그냥 내버려 두고 온 거야? 길이 엇갈렸으면?"

"오는 길에 흔적을 남겨 뒀거든. 다른 길로 갈 일은 없을 텐데……"

철무한이 자신이 지나온 길을 힐끔거리며 대구했다.

그러나 다른 이들과는 달리 조금도 걱정하는 듯한 얼굴이 아니었다.

오히려 명진을 걱정하는 듯한 다른 이들의 반응에 황당하다는 얼굴을 했다.

"지금 누가 누굴 걱정하는 거냐? 설마 명진을? 아서. 그거 세상에서 두 번째로 쓸데없는 짓이거든."

"뭔 소리야? 만에 하나라는 게 있다고. 그러다 잘못되기라도 하면?"

"그러니까 그럴 일 없다니까. 그보다 쉴 곳 좀 찾아봐. 며칠을 계속 잠도 못 자고 움직였더니 죽겠네, 진짜."

철무한이 소무결의 등을 떠밀었다.

그 때 천영영이 뒤늦게 생각이 미친 것에 손뼉을 짝하고 쳤다.

철무한이 얼굴을 찌푸리며 그녀를 쳐다봤다.

"또 왜?"

"그 자식들!"

"그 자식들?"

"그 왜 우리 잡아 온 자식들! 그것들도 처리해야……."

자신들만이었다면 괜히 문제를 만들까 피하는 것이 상책이라 생각했지만 철무한이 함께라면 애기가 다르다.

적어도 분풀이는 가능하다 생각한 것이다.

그러나 철무한은 귀찮다는 얼굴로 고개를 저었다.

"됐어. 냅 둬."

"그건 네가 그 자식들한테 안 당해 봐서 그래! 음흉한 눈길로 내 몸을 훑는데……."

천영영이 치가 떨린다는 얼굴로 입술을 꼭 깨물었다.

운현 역시 이를 빠드득 갈았다.

"맞다, 그랬지! 이 씹어 먹을 놈들이……!"

그러나 철무한은 여전히 고개를 저을 뿐이었다.

"그냥 냅 두라니까. 어차피 독곡이 움직이면 초토화될

텐데 뭐 하러 귀찮게 움직여?"

철무한의 말에 운현이 눈을 동그랗게 떴다.

"독곡? 거기가 어떻게 알고?"

"내가 연락했거든. 벌써 움직이기 시작했을걸? 어쩌면 주형이는 독곡을 빠져나왔을지도 모르고."

"너 거기 모른다면서?"

"몰라."

"그런데 어떻게……?"

"아무나 잡고 다 뒤져 봤지 뭐. 한 열 놈 정도 발가벗겼나? 다행히 그중 하나가 독곡 제자더라고. 가서 전하라고 했지."

태연하게 말하는 철무한을 쳐다보며 운현이 황당하다는 얼굴을 했다.

"미친놈."

"됐고. 너도 쉴 곳 좀 같이 찾아봐. 나 진짜 피곤하다니까."

철무한이 운현의 등도 떠밀었다.

철무한에게 떠밀리던 운현이 그의 손을 낚아챘다.

"알았어. 알았으니까, 그 전에……."

"또 뭐?"

"그 왜…… 명진 걱정이 세상에서 두 번째로 쓸모없는 거라며?"

"그런데?"

"그런데는 무슨 그런데야? 보통 이럴 때는 제일이라거나 첫 번째라거나 하는 게 정상 아냐?"

운현의 질문에 철무한이 픽 웃음을 보였다.

"몰라서 물어?"

"뭘?"

"세상에서 제일 쓸모없는 건 모용기 걱정이잖아."

"소문주님, 다 왔습니다."

무사의 말에 고민우가 고개를 들어 창밖을 내다봤다.

화려한 도시인 무한에서도 제법 큰 축에 속하는 객잔이 그의 두 눈에 틀어박혔다.

고민우가 고개를 끄덕이고는 마차에서 내려 객잔으로 다가섰다.

문 앞에서 대기하고 있던 무사가 기다렸다는 듯이 문을 열었다.

"들어가십시오."

고민우가 가볍게 고개를 끄덕이며 객잔 안으로 발을 내딛자 익숙한 목소리가 그를 맞이했다.

"왔나?"

"늦었다."

임무일과 혁련강이었다.

창가에 자리 잡은 그들에게 다가간 고민우가 자리에 앉기 전에 주위부터 둘러봤다.

"다른 녀석들은?"

"은희는 거리가 먼 건 너도 알 테고, 주형이와 유선이는 올 때가 된 것 같은데……."

임무일이 고개조차 돌리지 않고 고민우의 질문에 대꾸했다.

김이 모락모락 피어오르는 찻잔을 내밀 때에야 시선을 마주했다.

"목부터 좀 축이고."

"고맙다."

가볍게 고개를 끄덕인 고민우가 차를 홀짝이고는 다시 질문을 이어 갔다.

"좀 찾아봤나?"

"무결이네 녀석들? 찾아봤지."

"결과는?"

"보면 모르나?"

임무일의 대꾸에 고민우가 얼굴을 찌푸렸다.

그리고는 골치 아프다는 얼굴로 다시 목소리를 냈다.

"생각보다 제법인가 봐? 만금장원과 혁련세가의 눈까지 속이는 걸 보면."

"신무문의 눈까지 피하는 녀석들인데 뭐. 그래도 걱정할 건 없어. 무한으로 들어오는 순간 어떻게든 걸리게 되어 있으니까. 더욱이 천중문도 합류했으니까 빠져나가기는 거의 불가능에 가깝다고 봐야겠지."

"무한으로 들어오지 않으면?"

"그럴 리가 없어."

"어떻게 그렇게 확신하지?"

"유선이가 그렇게 말했으니까. 신무문 소문주의 말이라면 믿을 만하지."

"흐음……."

고민우가 혁련강에게 시선을 돌렸다.

혁련강이 어깨를 들썩였다.

"뭐라 말해도 안 듣더라고."

혁련강은 여전히 의심이 남아 있다는 얼굴이었다.

고민우 역시 같은 심정이다.

그러나 임무일은 고개를 저었다.

"그럴 것 없어. 이제 잊을 때도 되지 않았나?"

"그러기엔 유선이가 한 짓이 너무 컸지."

"그렇긴 하지. 그래도 지난 5년간 성주님과 가장 많이 대면한 게 누구라는 걸 몰라서 그래? 신무문주잖아. 뭐, 신무문주는 못 믿을 수도 있는데 성주님은 믿을 만하지 않겠어?"

고민우가 얼굴을 찌푸리며 임무일을 쳐다봤다.

"불경이다."

혁련강 역시 어느새 딱딱한 얼굴을 하며 임무일을 노려봤다.

둘을 번갈아 가며 쳐다보던 임무일이 한숨을 내쉬며 말했다.

"하나같이…… 알았다, 알았어. 앞으로는 그런 말 안 하도록 하지. 어쨌거나 중요한 건 유선이 말이 믿을 만하다는 거지. 그러니까 주형이도 유선이와 함께 움직이는 거고."

"주형이가?"

임무일이 더는 대꾸를 하지 않고 차를 홀짝였다.

그를 물끄러미 쳐다보고 있던 고민우는 임무일이 찻잔을 내려놓기가 무섭게 다시 질문했다.

"이렇게 무작정 기다려야 하는 건가?"

"안 그래도 그 얘기를 좀 해 보자."

임무일이 눈을 반짝이며 고민우와 혁련강을 번갈아 쳐다보며 말을 이었다.

"너희들 생각은 어때? 그물에 걸려들 때까지 기다리는 게 나을까? 아니면 우리가 먼저 움직이는 게 나을까? 먼 곳은 무리라도 근처는 뒤져 볼 만할 것 같은데."

"난 반대. 괜히 엇갈리기라도 하면 더 골치 아파지니까."

혁련강이 먼저 고개를 저었다.

그러나 고민우는 다른 생각을 쏟아 냈다.

"먼저 움직이는 게 좋겠어. 저들이 무한으로 들어오면 생각보다 더 골치 아파질 수도 있으니까."

임무일이 자신도 같은 생각이라는 듯이 고개를 끄덕였다.

그러나 혁련강은 고개를 갸웃거렸다.

"그물에 걸렸는데 왜 골치가 아프다는 거지?"

"도심에서 칼질하다가는 관과 엮일 수도 있으니까."

"관이라……."

혁련강이 고민우의 말을 되뇌며 미간을 좁혔다.

좋지 않았던 기억이 떠오른 탓이다.

"설마…… 이번에도 그놈들이 움직이는 것은 아니겠지?"

"아니라고 생각해?"

혁련강이 한순간 딱딱하게 굳은 얼굴로 임무일을 쳐다봤다.

임무일이 픽 웃으며 말을 이었다.

"아니라고 생각하는 게 더 이상하지 않나? 무결이 녀석이나 운현이나 정무맹에서 꽤 이름이 알려진 녀석들인데, 그런 녀석들을 독곡 근처의 떨거지들이 건드린다고? 무슨 배짱으로? 믿는 게 있으니까 그런 것 아니겠어?"

"썩을……."

혁련강이 와락 얼굴을 구겼다.

고민우가 자리에서 엉덩이를 뗐다.

"굳이 시간 끌 것 없으니 당장 움직이도록 하지. 내 예상에는 슬슬 근처에 왔을 것 같은데."

"그러지."

임무일 역시 고민우를 따라 몸을 일으켰다.

혁련강이 두 친구를 번갈아 쳐다보며 한숨을 내쉬었다.

"그 빌어먹을 자식들이랑 또 엮이기 싫었는데……."

사방으로 흩어져서 이리저리 헤매고 다니던 이들이 날이 어두워지자 약속한 곳으로 하나둘씩 모여들었다.

각자 제법 무공의 성취가 깊은 몇몇 수하들만 대동한 것이지만 모이고 나니 숫자가 제법 된다.

나뭇등걸에 아무렇게나 기대 있는 자신들과 달리 바짝 긴장한 얼굴로 주위를 살피고 있는 수하들을 힐끔 돌아본 혁련강이 목소리를 냈다.

"불이라도 피우는 게 어떻겠나? 먹을 거라도 제대로 먹어야……."

혁련강의 말이 끝나기도 전에 고민우가 고개를 저었다.

"적이 경계하도록 할 수는 없지."

"민우 말이 맞다. 이런 일은 조금 고단하더라도 신중하게 접근하는 게 좋아."

임무일마저 맞장구를 치자 혁련강이 끙하고 앓는 소리를 내며 입을 다물었다.

다른 이들과는 달리 자신의 수하들은 대부분 같은 피를 이어받은 형제들이었기 때문이다.

조금 더 마음이 쓰인 것이다.

그러나 임무일과 고민우는 관심도 없다는 얼굴로 말을 주고받았다.

"설마 다른 길로 가는 건 아니겠지?"

"그렇진 않을 거야. 그랬다면 벌써 유선이에게서 연락이 왔겠지."

"세세한 건 신무문도 무리일 텐데…… 그런 건 차라리 개방이……."

"그렇다고 해도 큰 줄기는 놓치지 않는 게 신무문이라는 거 잊었어? 이런 걸 틀릴 리가 없지."

임무일의 말에 고민우가 고개를 끄덕였다.

그리고는 잠시 무언가 고민하는 듯하더니 이내 눈을 감아 버렸다.

임무일이 고개를 갸웃거리며 말했다.

"뭐 하자는 거지?"

"몰라서 물어? 이 상황에 할 게 또 있던가?"

임무일이 한숨을 내쉬었다.

"썩을…… 말 좀 곱게 하면 안 되나?"

툴툴거리면서도 나뭇등걸에 등을 기대며 고민우가 그랬 듯 눈을 감아 버리는 임무일이었다.

혁련강이 눈을 감은 임무일을 쳐다보며 말했다.

"수하들은?"

"돌아가면서 번을 서고 나머지는 쉬라고 해."

임무일이 눈도 뜨지 않으며 알아서 하라는 듯이 손을 내저었다.

혁련강이 못마땅하다는 듯이 얼굴을 찌푸리려할 때, 한순간 임무일이 눈을 번쩍 떴다.

한 박자 늦었지만 고민우 역시 마찬가지였다.

"왜…… 어?"

어리둥절한 얼굴을 하던 혁련강도 무언가 느껴지는 것이 있던지 빠르게 시선을 돌렸다.

그리고 그 순간 수하의 비명이 터져 나왔다.

"악!"

"제길!"

혁련강이 욕설을 뱉어 내며 튕겨져 나가는 수하를 낚아챘다.

그리고는 가슴이 완전히 함몰된 제 형제의 모습에 당황한 얼굴을 했다.

"면아!"

"쿠, 쿨럭!"

제 형제가 피를 울컥 쏟아 내며 두 눈에 생기가 급격히 빠져나가는 것을 확인한 혁련강이 어떻게든 숨을 이어 보려 내력을 불어넣었다.

그러나 내상과 외상이 너무 깊어 희망이 보이지 않았다.

오래지 않아 완전히 숨이 멎은 제 형제를 고이 눕힌 혁련 강이 빠드득 이를 갈며 자리에서 벌떡 일어섰다.

"빌어먹을 자식이!"

그러나 그보다 한발 먼저 앞선 것은 임무일이었다.

임무일이 손짓을 하며 수하들을 물리더니 눈앞의 상대를 쳐다보며 눈매를 좁혔다.

"우리 본 적 있지 않나?"

임무일을 마주한 이가 픽 웃으며 고개를 끄덕였다.

"5년 전에 잠깐 마주한 건데 그걸 기억하는 건가? 눈썰미 가 제법……."

"잠깐이라고 해도 치가 떨리는 일이었던지라 쉽게 잊히 지가 않아서 말이지. 언제고 갚아 줄 생각이었는데…… 그 러니까……."

"일호라고 불러."

임무일이 고개를 갸웃거렸다.

"일호? 그게 이름인가? 뭐 상관없나? 어차피 살려 둘 생 각이 없으니까."

임무일의 말에 일호가 픽 웃음을 보였다.

"네가? 그게 가능하다고 생각하나?"

"5년 전의 내가 아니거든."

"나는 5년 동안 놀고먹은…… 으헛!"

일호가 말을 하다 말고 급하게 고개를 틀었다.

공간이 터져 나가듯 퍽하는 소리가 들리더니 날카로운 파편이 튀기듯 기파가 사방으로 튀었다.

일호가 급하게 검을 들어 보지만 완벽히 막아 내기에는 한 박자 느린 감이 있었다.

일호의 검을 기어이 뚫고 들어온 한 조각 파편이 쉭 소리를 내며 일호의 귀를 스쳐 지나갔다.

팟하고 핏물이 튀어 오르며 시야를 어지럽혔다.

일호가 임무일을 노려보며 말했다.

"제법이군."

"이 정도로? 나는 아직 시작도 안 했는데?"

어깨를 들썩이는 임무일을 보며 일호가 말없이 제 귀로 손을 가져갔다.

그리고는 제법 심하게 상처를 입어 덜렁거리는 귓불을 만지작거리더니 한순간 확 잡아당겨 버렸다.

이미 혈을 짚어 핏물이 쏟아지거나 하지는 않았지만 눈살이 찌푸려지는 것은 마찬가지였다.

임무일이 얼굴을 찌푸리며 말했다.

"독하네."

"이 정도로? 나도 아직 시작도 안 했는데?"

임무일과 같은 말을 중얼거리던 일호가 한순간 팟하며

자취를 감춰 버렸다.

임무일 역시 그와 동시에 반응하며 자취를 감춰 버렸다.

고민우와 혁련강이 번쩍 고개를 들었다.

그 순간 임무일과 일호가 맞부딪치며 쾅쾅 폭음이 터져 나왔다.

맨주먹으로 일호의 검이 뿜어내는 예기를 맞상대하는 임무일의 모습에 혁련강이 은근히 감탄하는 기색을 보였다.

"대단한데? 또 늘었군. 맨손으로 검을 상대하는 건 쉽지 않은데."

그런 혁련강을 고민우가 툭 쳤다.

"왜?"

"잡아야지."

고민우가 일호를 향해 턱짓을 하며 짧게 말했다.

고민우의 의도를 알아챈 혁련강이 얼굴을 찌푸렸다.

"그건……."

혁련강은 내키지 않는다는 얼굴이었다.

그러나 고민우는 고개를 저었다.

"이건 비무가 아니다. 그런 건 나중에 무결이나 운현과 하라고."

그리고는 혁련강의 대꾸도 듣지 않은 채 제 검을 뽑아 들었다.

임무일과 일호의 움직임을 주시하며 끼어들 틈만 노리고

있던 고민우는, 그러나 한순간 와락 얼굴을 구기며 다른 방향으로 검을 내리그었다.

"어떤 놈이!"

그리고 그것은 혁련강 역시 마찬가지였다.

두 개의 반월형 검기가 서로 반대 방향을 향해 무서운 속도로 날아들었다.

고민우와 혁련강을 향해 거리를 좁히던 두 개의 인영은 슬쩍 몸을 띄우는 것으로 어렵지 않게 검기를 피해 냈다.

그러나 더 전진하지 못하고 그 자리에 멈춰 선 제 앞의 인영을 노려보던 고민우가 혁련강을 돌아보지도 않고 목소리를 냈다.

"혹시 저것들도 그때 그것들이냐?"

"맞다."

혁련강의 나직한 대꾸에 고민우가 고개를 끄덕였다.

그리고는 제 앞을 가로막은 인영을 쳐다보며 가라앉은 목소리로 말했다.

"겁도 없이 고작 셋으로…… 어?"

고민우가 말을 끝내기도 전에 열댓 개의 인영이 불쑥 솟아나듯 모습을 드러내더니 고민우, 혁련강과 그 수하들의 사이를 끊어 버렸다.

열댓 개의 인영 중 중앙에 있던 인영, 사호가 신형을 돌리더니 빙긋 웃으며 말했다.

"그런 걱정은 안 해도 돼. 얼추 숫자는 맞거든."

"빌어먹을 자식……."

혁련강이 빠드득 이를 갈았다.

그러나 고민우의 두 눈은 한없이 냉정했다.

"일단 눈앞에 있는 것들부터."

그리고는 제 검을 치켜들며 무섭게 날아들었다.

쾅하는 소리와 함께 기파가 날아들기 무섭게 혁련강 역시 그 자리에서 신형을 감춰 버렸다.

사방에서 터져 나오는 폭음을 느긋하게 감상이라도 하는 얼굴이던 사호는 조금 시간이 지난 후 잔뜩 긴장하고 있는 패천성의 무리들을 돌아봤다.

사호가 히죽 웃더니 패천성의 무리들을 향해 손가락을 가리켰다.

"다 죽여."

"영리하군."

고민우와 혁련강의 움직임에 대한 순수한 감상이었다.

자신들의 불리함을 인정한 그들은 무턱대고 덤벼들지 않고 제 수하들과 합류하는 것을 선택하며 버티기에 나선 것이다.

그러나 불리함은 여전히 변하지 않는다.

천호가 무성하게 자라난 수풀을 돌아보며 말했다.

"도와줘야 하지 않겠나?"

천호의 말에도 눈에 보이는 이렇다 할 변화는 없었다.

그러나 천호는 기류가 바뀐 것을 어렵지 않게 알아챘다.

조금 더 가라앉은 묵직한 느낌이었다.

그의 기감이 맞았다는 것을 증명이라도 하려는 듯이, 오래지 않아 명진이 수풀 사이를 헤치며 모습을 드러냈다.

"내 기감이 맞았군. 누군가 뒤따르는 것 같더라니. 그보다 제법이군. 꽤 오래 이동한 것 같은데 그동안 내가 확신을 가지지 못하게 한 것을 보면 말이야."

명진은 제 검을 뽑아 드는 것으로 대답을 대신했다.

새하얀 검신이 일호 등이 아닌 자신에게로 향하는 것을 확인한 천호가 고개를 끄덕였다.

"좋은 판단."

그리고는 주먹을 쭉 뻗어 냈다.

순간 급격히 확대되는 천호의 주먹에 명진은 기다리기라도 했다는 듯이 검을 올려쳤다.

그러나 결과는 예상과는 달랐다.

쩡하는 쇠붙이 부딪히는 소리가 나더니 오히려 명진이 두어 걸음 물러섰다.

명진은 의문을 가질 틈도 없이 급하게 몸을 틀었다.

쉭하는 소리가 들리며 쇠사슬이 어지럽게 감겨진 천호의 주먹이 스쳐 지나갔다.

비로소 의문이 풀린 명진이었지만 여유를 가질 틈도 없이 반사적으로 손을 들 수밖에 없었다.

퍽하는 소리가 들리더니 명진의 신형이 힘없이 날아갔다.

그러나 무릎이 가벼웠다.

제대로 들어가지 않았다는 것을 알아챈 천호가 명진을 쳐다보며 말했다.

"그걸 흘렸나?"

천호가 조금은 감탄했다는 얼굴을 했다.

여태껏 제대로 막아 내는 상대를 경험하지 못했기 때문이다.

그러나 명진은 그의 칭찬에 관심도 없다는 얼굴이었다.

오히려 이번에는 자신의 차례라는 듯이 천호가 그랬듯 제 검을 쭉 뻗어 냈다.

"흥!"

천호가 코웃음을 치더니 합장이라도 하려는 듯이 양손을 모으려 했다.

그 순간 명진의 검이 부르르 요동치듯 좌우로 흔들렸다.

따따따땅 소리가 들리더니 한순간 천호의 양손이 쩍 벌어졌다.

"이런!"

예상치 못한 상황에 천호가 당황한 얼굴을 하며 급하게

물러섰다.

그러나 상대가 흐트러진 것을 재정비하도록 내버려 둘 명진이 아니었다.

뱀처럼 따라붙는 명진의 검 끝에 급하게 몸을 틀던 천호가 아차하는 얼굴을 했다.

그리고는 명진이 그랬듯 급하게 손을 들었다.

픽!

이전보다 묵직한 타격음이 들려왔다.

그러나 명진처럼 튕겨져 나가는 모습을 찾을 수는 없었다.

명진의 힘을 이용한 천호가 그대로 드러누우며 발을 뻗었다.

쉭하고 올라오는 천호의 발을 명진이 제 발로 내리찍었다.

순간적인 반응이 놀라운 수준이었지만 명진의 힘에 제 힘까지 덧붙인 천호의 발길질이 더 강력했다.

픽하는 소리가 들리더니 명진이 위로 쑥 치솟아 올랐다.

재빨리 자세를 바로 한 천호가 명진의 뒤를 따랐다.

자신을 뒤쫓아 치솟아 오르는 천호를 발아래에 두고 내려다보던 명진이 검을 두 번 휘둘렀다.

열십자 모양으로 겹쳐진 검기가 선명하게 모습을 드러냈다.

그러나 천호는 전혀 당황한 기색이 아니었다.

명진이 그랬듯 기다렸다는 듯이 주먹을 뻗어 냈다.

천호의 주먹과 명진의 검기가 부딪히는 순간 와장창하며 무언가가 부서져 나가는 듯한 소리가 요란하게 울려 퍼졌다.

부서진 검기의 파편을 헤집고 무섭게 치솟아 오르는 천호의 모습에 명진의 얼굴이 처음으로 변했다.

"권력……."

명진이 딱딱한 얼굴로 이를 악물었다.

그리고는 다시 한번 열십자 모양으로 검을 그었다.

이전과는 달리 그 어떤 소리도 형체도 없었다.

그러나 천호는 오히려 당황한 얼굴을 했다.

"썩을!"

그리고는 양 주먹을 동시에 떨쳐 냈다.

퍽하는 소리가 들리더니 천호가 치솟아 오르던 것보다 더 빠르게 떨어져 내렸다.

크게 몸을 뒤집으며 명진의 힘을 해소했음에도 그가 바닥을 딛을 때에는 쿵하는 울림이 제법 크게 퍼져 나갔다.

천호가 다리에서 올라오는 묵직한 통증을 뒤로한 채 고개를 들었다.

시선을 들어 명진을 찾던 천호의 얼굴이 와락 구겨졌다.

자신의 힘마저 이용한 명진이 어느새 거리를 벌리며 임

무일 등에게로 접근하고 있었던 것이다.

"빌어먹을 자식이!"

천호가 거칠게 땅을 찍었다.

쿵하는 소리와 함께 천호가 급하게 몸을 날렸다.

"뭐지?"

연달아 터져 나오는 폭음에 일호가 시선을 돌렸다.

그 순간 임무일이 두 눈을 반짝였다.

'빈틈!'

생각과 동시에 양 장을 뻗어 내는 임무일이었다.

콰아아!

만금장의 후예답게 강력한 경력이 물밀듯이 쏟아져 나왔다.

그 경력에 휩쓸린 일호가 갈대처럼 나풀거리는가 싶더니 한순간 픽 꺼지듯 그 자리에서 자취를 감췄다.

"어?"

당황한 얼굴을 하던 임무일이 이내 얼굴을 와락 구기며 몸을 틀었다.

서걱 소리가 들리더니 임무일의 어깨에서 핏물이 팍하고 튀었다.

그 사이를 헤집고 나온 일호가 살기에 가득 찬 눈을 번들거리며 검을 뻗어 냈다.

"어려서 그런가? 생각보다 쉽네."

귓가로 파고드는 일호의 목소리에 함정이었다는 것을 어렵지 않게 알아챈 임무일이었다.

그러나 임무일은 버럭하기보다는 끊임없이 두 다리를 놀리며 물러서기 바빴다.

일호의 검이 쉭쉭 소리를 내며 끈덕지게 따라붙었기 때문이다.

"제길!"

임무일이 와락 얼굴을 구기며 욕설을 내뱉었다.

팽팽하던 싸움이 한 번의 실수로 급격하게 승기가 기울었기 때문이다.

'이대로 계속 밀리면…….'

열에 아홉은 패할 수밖에 없다.

변수를 만들어야 했다.

'뭐라도 있어야…….'

물러서는 와중에도 임무일의 시선이 주위를 훑었다.

비등했던 대결에서 한번 승기가 기울어지면 자신의 힘만으로 반전을 이끌어 내기가 어렵다는 것을 잘 알고 있기 때문이다.

무언가 도움이 될 만한 것이 필요했다.

사람도 좋고, 지형도 좋았다.

그러나 일호는 임무일이 무언가를 하도록 내버려 둘 정

도로 호락호락한 상대가 아니었다.

쉭하는 위협적인 소리와 함께 자신의 급소를 노리는 일호의 검에 임무일이 기겁을 하며 몸을 뺐다.

"빌어먹을!"

그리고는 한 손을 들어 신경질적으로 일장을 뻗어 내는 임무일이었다.

그러나 일호는 제대로 경력이 실리지 않은 일장에 물러설 만큼 멍청한 상대가 아니었다.

오히려 한 걸음 앞으로 나서며 임무일이 뻗어 낸 장력의 중앙을 후벼 팠다.

어느새 선명한 검기가 실린 일호의 검이 임무일의 장력을 갈기갈기 찢어 버리며 사방으로 흩어 버렸다.

"젠장!"

꾸역꾸역 밀고 들어오는 일호의 검기에 정신없이 물러서던 임무일이 한순간 어금니를 악물고 그 자리에 멈춰 섰다.

이대로 계속 물러서는 것은 정답이 아니라고 생각한 것이다.

'팔 하나 정도는……'

그 정도면 싸게 먹히는 것이라 생각했다.

임무일이 한순간 크게 숨을 들이켜더니 쿵하고 진각을 밟았다.

막대한 내력이 실린 진각에 그를 중심으로 바닥이 물결

치듯 요동쳤다.

한 번에 힘을 쏟아 내려 호흡을 가다듬던 임무일은 한순간 미간을 좁혔다.

끈덕지게 따라붙던 일호가 어느 순간 거리를 벌린 채 한심하다는 눈으로 자신을 쳐다보고 있었기 때문이다.

"뭐 하자는 거지?"

임무일의 질문에 일호가 픽 웃음을 보이며 대꾸했다.

"보면 모르나? 천천히 하자는 거지."

"지금 나와 장난하자는 건가?"

"왜? 재미없나? 나는 무척이나 재밌는데."

일호가 빙글빙글 웃으며 손목만 돌려 검으로 원을 그렸다.

그의 방만해 보이는 듯한 모습에 임무일이 빠드득 이를 갈았다.

"네놈 목이 떨어지고도 그렇게 웃을 수 있는지 지켜보겠다."

"누가? 네가? 허튼 꿈은 꾸지 말라니까."

"꿈인지 아닌지는 직접 겪어 보면…… 응?"

임무일이 말을 끝맺지 못하고 시선을 돌렸다.

거대한 존재감이 느껴졌기 때문이다.

그러나 임무일은 그 존재감의 정체를 파악하기도 전에 아차하는 얼굴로 급하게 시선을 틀었다.

그리고 예상대로 일호는 그의 예상을 벗어나지 않았다.

어느새 소리 없이 코앞까지 접근한 일호의 검이 한순간 반짝이며 빛을 발했다.

"망할!"

피하기에는 늦었다.

물러서도 일호의 검이 더 빠를 것이다.

임무일이 급하게 왼손을 들었다.

실제로 한 팔을 내줘야 하는 상황이었다.

이전과 다른 점이 있다면 임무일이 얻을 것은 전무하다는 것.

임무일이 이를 빠드득 갈았다.

'이 빛은 반드시…… 어?'

임무일이 한순간 눈을 동그랗게 떴다.

무섭게 접근하던 일호의 검 끝이 순식간에 물러서고 있었기 때문이다.

그러나 한발 늦은 탓인지 서걱하는 소리가 들리며 일호의 검 끝이 일 촌가량 잘려져 나갔다.

쨍강하는 소리를 내며 바닥을 구르는 자신의 검 끝을 확인할 틈도 없이 일호가 급하게 시선을 돌렸다.

"어떤 놈이! 어?"

굳이 찾을 필요도 없었다.

어느새 코앞까지 접근한 명진이 무표정한 얼굴로 검을 뽑고 있었기 때문이다.

"빌어먹을!"

일호가 급하게 몸을 뺐다.

그러나 이번에도 한발 늦은 탓인지 일호의 옆구리에서 퍽하며 피가 터져 나왔다.

"크윽!"

일호가 핏물이 줄줄 흐르는 제 옆구리를 움켜쥔 채 비틀거리며 물러섰다.

살가죽만 긁히다시피 한 임무일과는 비교도 할 수 없을 정도로 큰 상처였다.

그러나 이 정도로 끝낼 생각이 없었던 명진이 한 발 더 내딛으려는 찰나, 명진이 급하게 검 끝을 돌렸다.

퍽하는 소리가 터져 나오더니 명진이 비틀거리며 두어 걸음 물러섰다.

어느새 따라붙은 천호가 명진을 향해 주먹을 뻗은 채 이를 갈고 있었다.

"감히 나를 속여?"

어지간히도 화가 오르는 것인지 얼굴마저 시뻘겋게 변해 있었다.

그러나 명진은 여전히 차가운 얼굴이었다.

명진은 천호에게서 시선을 떼지 않은 채 바닥을 구르는 일호를 향해 턱짓을 했다.

"저 정도면 할 만하지?"

예상치 못한 명진의 등장에 눈을 동그랗게 뜨고 있던 임무일이 엉겁결에 고개를 끄덕였다.

"무, 물론⋯⋯."

임무일의 대답이 들려오기가 무섭게 명진이 몸을 날렸다.

주먹과 검이 맞부딪히며 퍽, 퍽하는 흡사 피륙음 같은 소리가 끊임없이 울려 퍼졌다.

그 모습을 멍청한 얼굴로 쳐다보고 있던 임무일이 얼른 고개를 저어 일호를 찾았다.

그의 시선이 향하자 역시 멍청한 얼굴을 하고 있던 일호가 한순간 몸을 흠칫 떨었다.

임무일이 히죽 웃음을 보였다.

"제대로 해보자고."

여전히 피가 줄줄 흐르는 자신의 옆구리를 움켜쥔 일호가 와락 얼굴을 구겼다.

"썩을⋯⋯."

멀리서 명진과 천호의 대결을 지켜보던 노도진이 흥미롭다는 얼굴을 했다.

"저놈은 그놈보다 낫네? 아닌가? 그놈도 저놈만큼 하려나? 좀 더 알아보고 놔줄 걸 그랬나?"

노도진이 얼마 전 마주쳤던 철무한을 떠올리며 고개를 갸웃거렸다.

그러나 노도진은 오래지 않아 고개를 저으며 상념을 털어 냈다.

"어차피 조금 있으면 만나게 될 일. 그때 확인해 보면 되겠지."

굳이 고민할 이유가 없었던 탓이다.

노도진은 다시금 호기심으로 가득 찬 두 눈으로 명진의 움직임을 살폈다.

간혹 조금은 경험이 부족해 보이는 듯한 모습이 보이기도 했지만 큰 흠은 아니었다.

"이 정도면 차고 넘치지."

결론을 내린 노도진이 한순간 바닥을 콕 찍었다.

단숨에 십여 장을 넘은 노도진이 허공에서 모습을 드러냈다.

주먹과 검을 맞부딪히고 있던 천호와 명진이 동시에 시선을 들었다.

그들의 딱딱한 시선을 마주한 노도진이 어디선가 구해온 검을 휙 내리그었다.

가벼운 동작에 짙은 푸른색의 검기가 불쑥 튀어나오며 둘을 노렸다.

평소라면 검기에는 큰 감흥이 없는 천호였겠지만 이번만은 달랐다.

천호가 당황한 얼굴로 급하게 뒷걸음질 쳤다. 그것은

명진 역시 마찬가지였다.

그리고 목표물을 잃은 검기가 그대로 땅바닥을 때렸다.

콰콰쾅하는 굉음과 함께 엄청난 흙먼지가 치솟아 올랐다.

"뭐, 뭐야?"

"이건 또 무슨!"

일호와 임무일이 동시에 멀어지며 굉음의 중심지로 시선을 돌렸다.

집단전을 벌이던 서로 다른 두 무리 역시 마찬가지였다.

모두가 멍청한 얼굴을 한 채 자욱한 흙먼지로 시선을 집중했다.

그 순간 흙먼지가 팟하고 터져 나가는가 싶더니 한순간 흔적도 없이 자취를 감춰 버렸다.

그리고 흙먼지에 몸을 감추고 있던 노도진이 모습을 드러내더니 히죽 웃으며 손을 들었다.

"오늘은 그만하지?"

"이게 무슨 짓이지?"

천호의 목소리에 날이 섰다.

노도진은 여전히 흐릿한 미소를 머금은 얼굴로 대꾸했다.

"꼭 두 번씩 말하게 하지. 그만두라는 말 못 들었나?"

"무슨 이유로? 네 녀석이 무슨 권한으로 내게 그만두라 마라 하는 것이냐는 말이다."

얼굴은 별다른 변화가 없었지만 목소리에선 조금은 적대 감마저 느껴지는 듯했다.

그러나 노도진은 별다른 기색을 보이지 않은 채 명진을 향해 턱짓을 했다.

"재미있을 것 같지 않아? 저런 녀석은 찾기 어렵다고."

노도진이 말하고자 하는 바를 어렵지 않게 알아챈 천호 였다.

멀찌감치 물러서 있는 명진을 힐끔 쳐다보며 무언가를 고민하는 듯하던 천호는 오래지 않아 고개를 저었다.

여전히 같은 결론이었다.

"왕 공공의 명령이다. 고작 그런 이유로 임무를 망칠 수 는 없다."

천호의 말에 노도진이 픽하며 웃음을 흘렸다.

이전의 흐릿한 미소와는 다른 의미였다.

"마음에도 없는 말은 하지 말고."

"지금 왕 공공의 명령을 무시하겠다는 말인가?"

"명령? 그건 좀 아니지 않나? 부탁이라면 몰라도. 그 꼬맹 이가 그 정도 위치에 있지 않다는 건 네 녀석도 잘 알 텐데? 아닌가? 몰랐나? 그러면 정말 한심한 건데."

노도진은 눈살을 찌푸리는 천호를 무시하며 계속 말을

이었다.

"내 사부님께 배운 이상 그 꼬맹이가 아니라 왕가 늙은 이도 네 녀석을 함부로 못 해. 설마 그 정도 자각도 없는 건가? 그러면 정말 실망인데."

노도진이 쯧하며 혀를 찼다.

그리고는 명진을 쳐다보더니 어딘가를 향해 턱짓했다.

"뭐 해? 그만 가 봐."

그 때, 여태껏 가만히 쳐다만 보고 있던 일호가 목소리를 높였다.

"이게 대체 무슨 짓이냐? 저것들을 놔주겠다고? 누구 마음대로!"

노도진이 한숨을 내쉬며 일호를 돌아봤다.

"못 들었어? 나는 같은 얘기 반복하는 거 싫어하는데."

"닥쳐라! 더 이상 우리 일에 상관 말고 물러서라!"

사나운 얼굴로 을러대는 일호를 살핀 노도진이 빙글빙글 웃으며 대꾸했다.

"싫은데?"

"뭐, 뭐?"

"이것들은 정말…… 이놈이나 저놈이나 꼭 두 번씩 말하게 하지. 싫다고. 이제 되었나?"

"네놈이 정말 죽고 싶은 것이냐?"

일호의 검 끝이 노도진에게로 향했다.

어느새 은은하게 검기가 둘러진 그의 검을 유심히 쳐다보던 노도진이 이내 흥미를 잃은 얼굴로 손을 내저었다.

"아서. 정말 죽고 싶은 게 아니면. 난 그렇게 인내심이 많지가 않다고."

"이 빌어먹을 자식이…… 어?"

팟하는 소리가 들리더니 가지런히 묶어 뒀던 일호의 머리카락이 한순간 사방으로 흩날렸다.

멍청한 얼굴을 하고 있는 일호를 쳐다보며 노도진이 내밀었던 손가락을 접었다.

"까부는 건 거기까지. 난 성격이 꽤나 나쁘거든."

그리고는 천호를 향해 손을 내저었다.

"그만 가 보라니까? 어차피 또 만날 녀석 아닌가? 죽이든 살리든 그때 하자고."

천호가 가늘게 눈매를 좁히며 대꾸했다.

"이번 일에 대한 책임은 네 녀석이 져야 할 것이다."

"그게 무슨 문제라고. 백 번도 더 책임져 주지. 물론 내게 책임을 물을 녀석이 있다면."

조금의 위협도 통하지 않는 듯 노도진이 태연한 얼굴로 말했다.

천호가 한숨을 내쉬며 고개를 저었다.

그리고는 일호를 돌아보며 말했다.

"그만 가지."

"하지만……!"

"그만 가자고 했다."

천호의 두 눈이 살기로 번들거렸다.

일호가 저도 모르게 헙하고 입을 다물었다.

천호는 그에게서 시선을 거두며 그를 지나쳤다.

일호가 어금니를 악물었다.

"썩을……."

그리고는 홱 소리가 나도록 몸을 돌려 천호의 뒤를 따랐다.

다른 이들 역시 마찬가지였다.

처음에는 고민우 등의 눈치를 보는가 싶더니 별다른 반응이 없자 순식간에 빠져나간 것이다.

조금 시간이 지난 후 천호 등의 기척이 완전히 멀어지자 그제야 노도진이 명진을 돌아봤다.

"네놈들도 이제 그만…… 어?"

길게 내려져 있던 소매가 서걱하는 소리와 함께 잘려져 나갔다.

자신을 향해 검을 뺀고 있는 명진과 시선을 마주한 노도진이 웃으며 말했다.

"이거 진짜 재미난 놈이네."

시선이 흐트러지긴 했지만 자신의 소매를 잘라 낼 줄은 생각도 못했다.

261

명진의 무위가 생각보다 더 높은 수준이라 생각했다.

겨우 잠잠해졌던 호승심이 다시금 고개를 쳐들려 했다.

그러나 노도진은 애써 고개를 저었다.

"원래 제일 맛있는 것은 가장 나중에 먹는다고……."

그 때, 명진이 처음으로 목소리를 내며 노도진의 말을 잘랐다.

"그래 봐야 변하는 건 없다."

명진이 노도진을 향해 제 검을 겨눴다.

순순히 놔주지 않을 것이라는 의미였다.

그러나 노도진은 생각이 달랐다.

"큰 차이는 아니겠지만 조금은 달라지겠지. 그 정도면 충분히 의미가 있을 테고."

노도진의 말에도 명진은 여전히 납득을 하지 못한 얼굴이었다.

명진이 고집스런 얼굴로 검을 고쳐 잡으려 했다.

끝을 보겠다는 얼굴이었다.

그러나 이어지는 노도진의 말은 명진의 고집을 꺾어 놓기에 충분했다.

"그놈들 아직 멀리 안 갔거든. 네 녀석들 다 죽어. 그래도 해보겠나?"

명진의 검이 멈칫하며 길을 잃었다.

딱딱하기만 하던 얼굴에 망설임이 깃들기 시작했다.

명진의 심사를 알아챈 노도진이 픽 웃으며 바닥을 찍었다.

순식간에 멀어지는 그의 뒷모습을 명진이 음울한 눈으로 쳐다봤다.

그 때, 가느다란 목소리가 명진의 귓전을 때렸다.

"그렇게 실망한 얼굴 할 건 없고. 곧 다시 만나게 될 거라는 건 네 녀석도 잘 알지 않나? 날 실망시키지 말라고. 다른 한 놈도 꼭 챙겨 오고."

처음이나 지금이나 조금의 긴장감도 보이지 않는 그의 목소리에 명진이 저도 모르게 얼굴을 구겼다.

"제길……."

참룡
회귀록

斬龍回歸錄

90 章.

무언가 생각에 잠긴 듯한 명진의 곁으로 임무일이 다가
섰다.

조금 껄끄럽긴 했지만 마냥 시간을 보낼 수는 없었기 때
문이다.

임무일이 조심스레 목소리를 냈다.

"어떻게 된 거야?"

그제야 명진이 정신을 차린 듯, 임무일을 돌아보며 말했
다.

"그건 내가 묻고 싶은 말이다. 너희들이 왜 여기에 있
지?"

"그거야 무결이네가 잡혔다고 하니까……."

"그걸 너희들이 어떻게 알고?"

"몰라서 물어? 당연히 신무문이지."

"신무문이? 그들이 어떻게 알고?"

"너희들 독곡 근처까지 갔다며? 패천성의 영역으로 들어온 이상 신무문의 눈을 피하는 게 쉬운 일이 아니거든."

"흐음……."

명진이 조금은 못마땅하다는 얼굴을 했다.

임무일이 고개를 저으며 말했다.

"그럴 것 없어. 그쪽도 마찬가지야. 거기를 넘어가면 개방의 눈을 피하기는 불가능에 가까우니까. 내 말 틀렸나?"

임무일의 말에 명진이 후 하고 한숨을 내쉬며 고개를 저었다.

"하고 싶은 말이 뭐야?"

"벌써 말했잖아. 어떻게 된 거냐고. 다른 녀석들은? 무한이는?"

"나도 몰라."

"그게 무슨…… 다른 녀석들은 그렇다 쳐도 무한이는 함께 움직이는 거 아니었어? 그렇게 들었는데."

"독곡에서 헤어졌다. 저들이 복잡하게 꼬아 놔서."

간단한 말이었지만 이해하기에 어렵지 않았다.

임무일이 고개를 끄덕이며 다시 말했다.

"저들은 어떻게 된 거야? 네 녀석이 왜 거기서……?"

명진이 고민우를 힐끔 쳐다봤다.

고민우가 고개를 갸웃거리며 질문했다.

"왜 날 보는 거지?"

"무한이 남긴 흔적을 쫓다가 천중문의 마차가 무한으로 들어가는 걸 봤다. 네 녀석인 줄 모르고 그냥 지나치려 했는데 이상한 녀석들이 그 뒤를 쫓더군."

비로소 의문이 풀린 임무일 등이었다.

임무일이 한숨을 내쉬며 고민우를 쳐다봤다.

"때로는 늦는 게 도움이 되기도 하는구나."

고민우가 쓴웃음을 지으며 고개를 저었다.

그리고는 명진을 향해 말했다.

"그런데…… 우리 공자님은?"

"글쎄. 근처에 있지 않을까?"

"저 녀석들이 근처에 있던 걸 보면 공자님 쪽도 만만찮지 않을 것 같은데…… 어서 찾아봐야겠군."

고민우의 얼굴에 조급함이 피어났다.

혁련강이나 임무일 역시 마찬가지였다.

그러나 명진은 고개를 저었다.

"무사할 거다. 걱정하지 않아도 된다."

"네가 그걸 어떻게 알아?"

고민우가 고개를 갸웃거리며 명진을 쳐다봤다.

그러나 명진은 여전히 고개만 저을 뿐이었다.

더 말하기 귀찮았던 탓이다.

임무일이 얼굴을 찌푸렸다.

"이건 어떻게 된 게 예전보다 더 까탈스러워졌어? 설마 무한이 녀석도 그런 건 아니겠지?"

명진이 들은 체도 하지 않고 나무 아래로 다가가 가부좌를 틀더니 눈을 감아 버렸다.

고민우가 곤란하다는 눈으로 임무일을 쳐다봤다.

"이제 어쩌지?"

"어쩌긴 뭘 어째? 저 자식 버리고 그냥 갈 수도 없고. 그렇다고 무한이 자식을 무작정 내버려 둘 수도 없고."

"그래서?"

"수하들이라도 풀어 보지."

"그 정도로 되겠나? 아까 그놈들은……."

임무일이 고개를 저어 고민우의 말을 끊었다.

"제 발로 물러섰는데 무슨 일이야 있으려고. 수하들을 푸는 것으로 충분할 것 같다."

그 때 혁련강이 한 걸음 앞으로 나서며 말했다.

"그 정도로는 부족하고 내가 함께하지. 너희들은 명진을 지키고."

"그래도 되겠나? 너도 지친 건 마찬가지일 텐데?"

고민우의 말에 임무일이 그의 어깨를 툭 치며 말했다.

"강이 말대로 하지."

"하지만……."

"몰라서 그래? 혁련은 강호에서도 지치지 않기로 유명하잖아."

고민우를 물러서게 한 임무일이 혁련강과 시선을 맞추며 말했다.

"부탁한다."

"꼭 찾아오…… 어?"

고개를 끄덕이려던 혁련강이 한순간 고개를 휙 돌렸다.

그것은 임무일이나 고민우 역시 마찬가지였다.

임무일이 얼굴을 와락 구겼다.

"이 썩을 놈들. 그냥 간다더니 그새 마음이 변했나?"

고민우와 혁련강의 시선은 명진에게로 향했다.

가부좌를 튼 채 여전히 미동도 하지 않는 그의 모습에 고민우가 우려가 가득한 얼굴로 말했다.

"지금 운기라도 하는 거면……."

속수무책이다.

손 한번 써 보지 못하고 목을 내줘야 할 것이다.

고민우가 곤란함이 가득하다는 얼굴로 임무일을 쳐다봤다.

임무일이 눈살을 찌푸리며 말했다.

"그렇게 쳐다보고만 있을 거야? 저 자식 지켜야 할 거 아냐?"

271

고민우가 고개를 끄덕이더니 수하들을 향해 소리쳤다.

"명진을 지켜라!"

"예!"

제법 수가 줄긴 했지만 명진 하나를 둘러싸기에는 충분한 숫자였다.

열댓 개의 인영이 명진을 둘러싸며 그의 모습을 감춰 버렸다.

임무일이 잔뜩 찌푸린 얼굴로 투덜거리듯 말했다.

"제길. 왜 하필 지금……"

그러나 투정해 봐야 달라질 것은 없었다.

임무일이 한숨을 내쉬며 고개를 저었다.

할 수 있는 것에 집중해야 했다.

그 때 고민우가 임무일을 쳐다보며 말했다.

"너 아직 힘 남았지?"

임무일이 미간을 좁혔다.

"무슨 말이냐?"

"몰라서 물어? 틈 보다가 저 자식 데리고 튀어. 나와 강이가 시간을 끌어 볼 테니까."

"그걸 왜 내가……"

"우린 무한에 영향력이 없거든. 네가 가야 빠져나갈 구멍이라도 생기니까."

만금장의 영향력을 들먹이자 임무일은 대꾸할 말이 없었다.

단지 불안한 눈으로 고민우와 혁련강을 번갈아 가며 쳐다봤다.

그러나 고민우와 혁련강은 그에게는 시선도 주지 않은 채 내력을 끌어모았다.

적의 기척이 가까워지자 고민우가 나직한 목소리로 말했다.

"온다."

그와 동시에 혁련강과 고민우가 그 자리에서 꺼지듯 사라졌다.

그리고는 한순간 모습을 드러낸 검은 인영을 향해 두 개의 검이 좌우에서 빛을 발했다.

검은 인영이 기겁을 하고는 물러서며 소리쳤다.

"썩을! 나라고, 나!"

익숙한 목소리에 고민우와 혁련강이 눈을 동그랗게 떴다.

그리고는 재빨리 검을 거두어들였지만, 그 여력까지 완전히 거두어들이기에는 무리였다.

두 가닥의 검풍이 정주형의 좌우를 훑고 지나갔다.

좌우를 스치는 싸늘한 느낌에 오한이 올라올 것만 같았다.

정주형이 얼굴을 와락 구기며 소리쳤다.

"이 썩을 놈들이! 모처럼 만나서 한다는 짓이 이거냐?"

명진, 철무한만이 아니라 소무결이나 임무일 등도 오랜 만에 얼굴을 마주한 것은 마찬가지였다.

급박했던 상황은 잊어버리고 서로의 안부를 물어보기에 여념이 없었다.

술이 도는 가운데 자신들의 얘기를 늘어놓느라 밤이 깊어 가는 줄도 몰랐다.

만금장 소속의 객잔이 떠들썩했다.

그리고 그 소란이 잠잠해진 것은 동이 트기까지 얼마 남지 않은 시점이었다.

술기운을 버티지 못한 이들이 하나둘씩 떨어져 나가고 마지막까지 남아 있던 철무한이 크게 숨을 들이켰다.

그 순간 뿌연 안개 같은 것은 훅 뻗어 나오더니 알싸한 주향이 객잔 안을 가득 채웠다.

그제야 머리가 맑아진 철무한이 이층으로 올라서 구석에 위치한 객실의 문을 열었다.

여전히 가부좌를 틀고 있는 명진에게 다가선 철무한이 목소리를 냈다.

"내상이라도 입은 건가? 그렇게 보이지는 않던데."

철무한이 팔짱을 끼며 고개를 갸웃거렸다.

그 때 명진이 슬며시 눈을 뜨며 고개를 저었다.

"내상 입은 적 없다."

"그럴 줄 알았다. 또 복기하고 있었던 거지?"

명진이 말없이 고개를 끄덕이자 철무한이 그 앞에 털썩 주저앉으며 다시 질문했다.

"어땠어?"

"뭐가?"

"뭐긴 뭐야? 노도진이지."

철무한의 말에 명진이 미간을 좁혔다.

그리고는 한참이나 무언가를 생각하는가 싶더니 결국은 고개를 저었다.

"어렵다."

명진의 대꾸에 철무한이 눈을 동그랗게 떴다.

제 잘난 맛에 사는 녀석이 시작부터 지고 들어가는 말을 했기 때문이다.

"진심이야? 네 녀석이? 그 자식 소매도 잘랐다면서? 그 정도면 틈이 있다는 거 아닌가?"

"애초에 소매를 노린 것이 아니다."

"그 말은……?"

"맞다. 시선이 흐트러진 상태에서 내 검력을 피한 것이다."

"썩을……."

생각보다 수준이 높은 노도진의 무위에 철무한이 얼굴을 찡그렸다.

"이거 칼질이라도 한번 해 봤어야 했나?"

남의 입을 통해 듣는 것과 직접 경험하는 것은 차이가 제법 크다.

노도진 정도의 상대라면 반드시 경험해 봤어야 한다는 생각이 들었다.

뒤늦은 후회로 입맛만 다시던 철무한은 문득 떠오른 생각에 다시 명진을 쳐다봤다.

"한 놈 더 있었다면서? 그놈은 어땠어?"

철무한의 질문에 명진이 천호를 떠올렸다.

그러나 확답을 주지 못하는 것은 이번에도 마찬가지였다.

"오 할."

결국 반반이란 의미였다.

"노도진은 그렇다 치고 어디서 그런 고수가 나타난 거지? 기아 놈에게 그런 고수가 있다는 얘기는 못 들었는데……."

철무한이 미간을 좁히며 중얼거렸다.

명진이 그를 힐끔 쳐다보며 말했다.

"짐작 가는 것이 있긴 하다."

"그게 뭔데?"

"기아가 말하던 적포인."

명진의 말에 철무한이 눈을 동그랗게 떴다.

그러나 철무한은 이내 고개를 저었다.

"설마. 그러기엔 너무 약하지 않나? 기아 놈이 상대도 안 되었다고 했는데."

"몇 년 전 기아가 말했었지. 지금의 자신이 그때보다 더 강하다고."

"그렇다고 해도……."

"그리고 기아가 말했던 그때는 앞으로 십여 년이 더 지난 후다. 그동안 제자리걸음만 하고 있지는 않겠지. 그리고 그가 누구든 중요한 게 아니지. 중요한 건 강적이 하나 더 생겼다는 점이다."

명진의 말에 철무한이 끙하고 앓는 소리를 냈다.

그리고는 다시 명진을 쳐다보며 질문했다.

"어느 정도였는데? 노도진 같은 놈이 둘이면 곤란한데……."

"그 정도는 아니라고 했다."

"어쨌든 승부가 불확실하다는 것은 마찬가지지 않나?"

노도진에게는 미치지 못하겠지만 만만찮은 상대라는 것은 마찬가지였다.

"이거 곤란한데. 이제 시간도 얼마 없는데……."

더 이상 무언가를 시도하기에는 턱없이 부족한 시간이었다.

"어디 가서 영약이라도 챙겨 먹어야 하나?"

당장 생각나는 것은 그 정도였다.

그러나 명진은 고개를 저었다.

"쓸데없는 짓. 네게 도움이 되려면 어지간한 것으로는 안 될 테고, 약효가 강한 것은 시간 안에 다 녹여내기도 불가능하다. 게다가 잘못되기라도 하면 더 곤란한 상황에 빠진다. 그러니까 그만둬."

잘못될 일은 없었다.

내력의 운용이라면 그만큼 자신이 있었기 때문이다.

어쩌면 그 부분에 있어서만큼은 모용기보다 나을지도 모른다고 생각했다.

그러나 철무한은 고개를 끄덕이며 납득의 말을 할 수밖에 없었다.

"잘못될 일은 없겠지만 시간이 문제군."

제아무리 내력의 운용에 경지를 이뤘다고 하더라도 남은 시간 안에 영약 하나를 녹여낼 자신이 없었다.

"썩을…… 무작정 들이박는 수밖에 없나? 아무래도 꺼림칙한데……."

철무한의 이마에 주름이 잡혔다.

고민이 많은 것이다.

그러나 명진은 단순하게 상황을 정리했다.

"고민할 것 없다. 우리는 기아에게 길만 터 주면 된다."

"노도진은 어렵다면서? 다른 놈도 만만찮고?"

"한 놈만 잡으면 된다."

명진의 말에 철무한은 번득 떠오르는 것이 있었다.

"노도진 말고 다른 놈을 노리자는 거군. 누가?"

명진은 대답 대신 철무한을 쳐다보기만 했다.

철무한이 손가락으로 자신을 가리키며 말했다.

"나? 하지만……."

철무한이 곤란하다는 얼굴을 했다.

큰 차이는 아니지만 명진이 자신보다 한발 더 앞서 나가고 있다는 것을 알고 있기 때문이다.

처음 만났을 때의 그 차이가 여전히 유지되고 있었던 것이다.

철무한이 말하고자 하는 바를 알아들은 명진이 고개를 저으며 말했다.

"나보다는 네가 나을 것이다."

"어째서?"

"근접전을 즐기더군."

그제야 철무한이 납득했다는 얼굴을 했다.

명진은 자신의 용천도법을 염두에 둔 것이다.

"그거라면 확실히……."

잠시 머리를 굴리던 철무한은 이내 고개를 저으며 명진을 쳐다봤다.

"이제 찢어져야겠군. 순무대전에 함께 가기는 무리니까. 기아 놈도 이제 독곡에서 나왔겠지?"

"아마도."

"미리 얼굴이나 한번 봐 두려고 했더니…… 할 수 없군."

철무한이 아쉽다는 얼굴을 했다.

명진은 여전히 무덤덤한 얼굴로 열린 문을 향해 턱짓을 했다.

"그만 쉬도록 해. 저 녀석들 일어나면 바로 움직일 테니까."

"너무 급한 것 아닌가?"

"시간을 허투루 보낼 수는 없지. 뭐라도 하면 남는 것이 있을지도 모르니까."

"그렇군."

철무한이 고개를 끄덕이며 자리에서 일어섰다.

그 때 명진이 다시 목소리를 냈다.

"그렇다고 부담감을 가질 필요는 없다. 나 역시 질 생각은 없으니까."

명진의 말에 철무한이 픽 웃음을 흘리며 말했다.

"누구한테 말하는 거냐? 부담감? 그런 건 개나 주라고 해."

철무한이 객실을 나서더니 문을 닫아 버렸다.

그 모습을 물끄러미 쳐다보고 있던 명진은 곧 다시 슬며시 눈을 감았다.

그 순간 충허가 자신을 향해 나뭇가지를 겨눈 채 빙긋 웃음을 보이는 모습이 떠올랐다.

명진이 이를 악물었다.

"정무맹으로 가는 거 아니었어? 어디 가려고?"

호북에 다다른 모용기가 갑자기 길을 틀었다.

당연히 정무맹으로 향한다 생각했던 제갈연이 의아하다는 눈으로 모용기를 쳐다봤다.

모용기가 그녀를 힐끔 돌아보며 말했다.

"그 전에 들러야 할 곳이 있어."

"들러야 할 곳? 혹시 무당?"

"아니."

"그럼?"

"가 보면 알아."

모용기는 자세한 말은 하지 않은 채 제갈연을 이끌었다.

처음에는 무당이 아닐까 짐작하던 제갈연은 모용기가 무당과는 정반대의 방향으로 움직이기 시작하자 이내 그 생각을 접어야 했다.

호기심이 가득한 얼굴로 모용기의 뒤를 따르던 제갈연은 어느 지점에 들어서자 딱딱한 얼굴을 하기 시작했다.

짐작이 가는 부분이 있었기 때문이다.

그리고 조금 더 움직이자 그 짐작은 확신이 되었다.

제갈연이 한순간 걸음을 멈춰 버렸다.

모용기가 그녀를 돌아보며 말했다.

"뭐 해? 안 가?"

"너야말로 뭐 하는 거야? 네가 거길 왜 가?"

제갈연이 딱딱한 얼굴로 대꾸했다.

조금은 쏘아붙이는 듯한 목소리였다.

모용기는 그녀의 심정이 충분히 이해가 갔다.

그러나 물러설 수는 없었다.

그리고 돌려 말하기보다는 직설적으로 말하는 것을 선택
했다.

"다 죽을지도 모르는데 그대로 내버려 둘 수는 없잖아."

"뭐?"

"너도 잘 알 거 아냐? 네 아…… 아니, 제갈 가주가 지금
뭘 하고 있을지."

차마 아버지란 말이 입에서 나오지 않았다.

그래서 급히 말을 돌린 것이다.

그러나 제갈연은 모용기가 무엇을 말하고자 하는지 이미
눈치 챘다.

조금은 울적한 얼굴을 하던 그녀는 이내 고개를 저었다.

중요한 것은 그것이 아니었기 때문이다.

"네가 왜 그걸 신경 쓰는 건데?"

조금은 오기가 깃든 듯한 얼굴이었다.

제갈세가가 마주한 현실을 애써 외면하려 했다.

그러나 모용기는 고개를 저었다.

"제갈세가는 신경 안 써."

"그럼 왜?"

"그저 네가 걸려서 그러는 것뿐이야."

"내가?"

제갈연이 영문을 모르겠다는 얼굴을 했다.

모용기가 고개를 끄덕이며 말을 이었다.

"그래도 네 혈육인데 혹시라도 변이라도 당하게 되면 지금처럼 웃을 수 있겠어?"

"그건……."

말문이 턱 막히는 듯했다.

제갈연이 당황한 얼굴로 우물쭈물하는 그 때, 모용기가 그녀에게 다가서며 손을 잡아끌었다.

"그러니까 싫더라도 참아. 이번 한 번만 눈 딱 감아. 다시 볼 일 없을 테니까."

제갈연은 예전처럼 모용기의 손길을 거부하지 않았다.

고개를 푹 숙인 채 모용기를 따르던 그녀가 문득 목소리를 냈다.

"고마워."

"뭐가?"

"생각해 줘서……."

283

기어들어 가는 듯한 작은 목소리를 용케 알아들은 모용
기가 고개를 저었다.

"네 생각을 한 게 아니라 내 생각을 한 거야."

"응? 그게 무슨……?"

"생각해 봐. 네가 웃지 못하는데 나라고 웃을 수 있겠어?
다 내가 보기 싫은 거 안 보려고 하는 거니까 그럴 필요 없
어."

제갈연이 오랜만에 발그레 얼굴을 붉혔다.

그러나 무슨 생각이 들었는지 고개를 들었다.

모용기의 손을 잡은 손에 힘이 들어갔다.

모용기가 그녀를 돌아봤다.

"왜?"

"우리 엄마가 달콤한 말 하는 남자는 피하랬는데…… 다
바람둥이라고."

새침한 얼굴을 하고 있는 그녀를 마주하며 모용기가 픽
웃음을 보였다.

"나 못 믿었어?"

"우리 엄마가 믿을 놈 하나 없다고 했는데."

제갈연이 장난스레 말꼬리를 길게 늘였다.

좀처럼 보기 힘든 그녀의 애교에 모용기가 넋을 잃은 얼
굴을 했다.

제갈연이 고개를 갸웃거리며 말했다.

"왜 그런 얼굴이야? 내 얼굴에 뭐 묻었어?"

"아니, 그게 아니고."

"그럼 왜?"

"아냐, 아무것도. 그보다 얼른 가자."

모용기가 얼른 얼굴을 고치며 그녀의 손을 잡아끌었다.

고개를 갸웃거리며 그의 뒤를 따르던 제갈연이 문득 목소리를 냈다.

"그보다 자신은 있는 거야?"

"무슨 자신?"

"그 노인 말이야."

사마철을 말하는 것이다.

그가 떠오르자 모용기는 생각이 복잡해졌다.

어쩌면 이 일도 쓸모없는 일일 가능성이 농후했다.

잡념이 깃들자 저도 모르게 손끝에 힘이 들어갔다.

그것을 알아챈 제갈연이 그 자리에 멈춰 섰다.

모용기가 그녀를 돌아봤다.

"왜?"

그러나 제갈연은 쉽게 입이 떨어지지 않았다.

한참이나 망설이는 듯한 얼굴을 하던 그녀는 모용기가 다시 몸을 돌리려 하자 그의 손을 잡아끌며 속내를 털어놨다.

"우리 그냥 도망갈까?"

"뭐?"

"우리 그냥 도망가서 아무것도 신경 쓰지 말고……."

그녀의 생각을 알아듣기에는 어렵지 않았다.

그러나 모용기는 고개를 저었다.

"그건 안 돼."

"왜? 왜 굳이 네가 그 노인을……."

"내가 안 가면 다른 녀석들 다 죽어."

모용기의 말에 제갈연이 입을 닫았다.

혼란스러운 얼굴을 하는 그녀의 두 눈에 시선을 맞춘 모
용기가 말을 이었다.

"다른 이들은 몰라도 그 녀석들을 모른 체할 수는 없잖아."

"하, 하지만……."

"걱정 마. 쉽게 당해 줄 생각은 없으니까. 예전의 내가 아
니라고."

모용기의 얼굴에서는 조금의 불안감도 찾아보지 못했다.

제갈연은 그것이 전부가 아니라는 것을 잘 안다.

그러나 더는 불안한 얼굴을 하지 않았다.

"하나만 약속해."

"뭘?"

"절대 죽지 않겠다고."

"당연하지. 내가 죽긴 왜 죽어? 절대 안 죽으니까 걱정하
지 마."

모용기가 손을 들어 그녀의 머리를 쓰다듬었다.

물끄러미 그를 쳐다보며 있던 제갈연이 한순간 표독스런 얼굴을 하더니 모용기의 손을 탁하고 쳐냈다.

"머리! 머리 건드리지 말랬지!"

제갈세가의 대문 앞에 선 모용기가 제갈연을 돌아보며 말했다.

"너네 집 되게 좋은데?"

제 딴에는 무거운 분위기를 풀어 보고자 한 말이다.

그러나 제갈연은 우울한 얼굴이었다.

원하는 반응이 없자 모용기가 머쓱한 얼굴로 머리를 긁적였다.

그러나 이번 일을 미룰 생각은 조금도 없었다.

'다시 올 기회는 없을 테니까.'

기회가 될 때 무조건 해치워야 했다.

모용기가 제갈세가로 시선을 돌리더니 얼굴을 찌푸렸다.

"그나저나 환영 인사 한번 거창하네."

굳게 닫힌 제갈세가의 대문 앞에는 개미 새끼 한 마리 지나다니지 않았다.

모용기는 그 너머를 보는 것이다.

같은 것을 느낀 제갈연 역시 고개를 끄덕였다.

"아무래도 네 말대로인 것 같아."

제 아비인 제갈공은 모용기의 예상을 한 치도 빗나가지 않았다.

혹시나 했지만 역시나였다.

괜한 기대를 한 것이 씁쓸하게 느껴졌다.

반대로 이 일은 반드시 짚고 넘어가야겠다는 생각이 들었다.

제갈연이 모용기를 쳐다보며 말했다.

"부탁할게. 무리하지는 말고."

"쓸데없는 걱정. 이런 건 내 전공이라고."

모용기가 고개를 끄덕이더니 제갈세가의 대문 앞으로 다가갔다.

그리고는 단단한 철문에 살포시 손을 가져다 댔다.

퉁!

묵직한 울림과 함께 거대한 쇳덩이 두 개가 힘없이 튕겨져 나갔다.

제법 먼 거리를 날아간 두 개의 쇳덩이가 쾅하고 굉음을 냈다.

양측에 도열해 있던 제갈세가의 무사들이 웅성거리며 당황한 얼굴을 했다.

그러자 멀리 제갈공의 옆에 있던 사내가 묵직하게 진각을 밟았다.

쾅!

"닥치지 못하느겠느냐? 제갈세가의 무사들이 이 무슨 추태란 말인가?"

쩌렁쩌렁한 외침에 웅성거리던 무사들이 단번에 얼어붙었다.

낯선 사내를 물끄러미 쳐다보던 모용기가 제갈연을 돌아보며 질문했다.

"누구……?"

"만 숙부님이셔."

"만? 제갈만? 그게 누군데?"

모용기의 질문에 제갈연이 조금 망설이는 얼굴을 하더니 기어들어 가는 목소리로 말했다.

"……우리 가문 최고수."

"난 또 뭐라고. 제갈세가의 장점이 무공이 아니라는 건 다 아는데 뭘 그래? 그리고 저 정도면 봐줄 만하구만."

모용기가 히죽 웃음을 보이며 대꾸했다.

그와 동시에 제갈만의 얼굴이 와락 일그러지더니 버럭 소리를 질렀다.

"건방진! 네놈이 죽고 싶은 것이냐?"

막대한 내력이 훅하고 몰아쳤다.

버티지 못한 제갈세가의 무사들이 그 자리에서 휘청거렸다.

그러나 모용기는 아무런 영향을 받지 않은 듯 귀를 후비적거리며 말했다.

"누가요? 내가?"

"네놈!"

"여기 귀 먹은 사람 없으니까 소리 지르지 말고. 그리고 내력도 얼마 안 되는 것 같은데 그걸 왜 자꾸 흘려요? 한 방울이라도 아껴야 칼질 한 번 해 볼까 말까일 텐데 그거 자꾸 흘려도 되겠어요?"

모용기가 손톱 사이를 호호 불며 이죽거렸다.

방만해 보이는 그의 모습에 제갈만이 더는 참지 못하고 휙 몸을 날렸다.

"이놈! 죽어!"

제갈세가의 가보인 진무검이 번쩍 빛을 발하며 단숨에 거리를 좁혔다.

그러나 진무검은 쳉하는 소리가 나더니 원하는 바를 이루지 못하고 힘없이 튕겨져 나갔다.

제갈만이 눈을 동그랗게 뜨더니 말을 더듬었다.

"네, 네가 어찌!"

자신의 앞을 막아선 이가 제갈연이라는 것이 도무지 믿어지지 않았던 탓이다.

제갈연이 가라앉은 얼굴로 고개를 저었다.

"그만하시지요."

자신의 시선을 어지럽히는 제갈연의 검 끝을 불신의 눈으로 쳐다보던 제갈만이 한순간 얼굴을 와락 구겼다.

"네가 가문을 배신하겠다는 것이냐?"

"그런 적 없습니다."

"그런 적 없다? 그렇다면 지금 내 앞을 막고 있는 것을 어떻게 해석해야 한다는 말이냐?"

제갈만의 추궁에 제갈연은 멀리 제갈공을 쳐다봤다.

제갈공은 여전히 속내를 짐작하기 힘든 무표정한 얼굴이었다.

예전과 조금도 달라지지 않은 제 아비의 모습에 제갈연이 씁쓸하게 웃으며 고개를 저었다.

"저는 이미 예전에 내쳐진 몸. 배신이라는 말과는 어울리지 않습니다."

"무, 무슨!"

자세한 사정을 모르는 제갈만이 당황한 기색을 감추지 못했다.

그리고는 제갈연의 시선을 따라 제갈공을 쳐다보며 목소리를 냈다.

"가주……."

그의 시선을 받은 제갈공이 고개를 저었다.

"만은 그만 물러나라."

"하지만 형님."

"물러나라고 했다."

"으음……."

제갈만이 신음성을 흘리며 한 걸음 비켜섰다.

그리고 그 자리를 느릿느릿 걸음을 옮긴 제갈공이 채웠다.

제갈공이 제 딸을 내려다봤다.

그가 무언가 목소리를 내려 입술을 달싹이려는 순간, 모용기가 제갈연을 잡아끌었다.

"어? 왜?"

눈을 동그랗게 뜨는 그녀를 제 뒤에 세운 모용기가 제갈공을 마주하며 말했다.

"얘기 좀 하죠."

그러나 제갈공은 모용기 너머의 제갈연을 쳐다봤다.

그의 심중을 읽은 모용기가 고개를 저었다.

"왜? 이제 눈이 가세요? 무공이 좀 강해졌다고?"

직설적인 말에 한 걸음을 물러서 있던 제갈만이 또다시 얼굴을 와락 일그러트렸다.

"이놈!"

그러나 이번에도 제갈공이 손을 뻗어 제갈만을 제지했다.

"물러서라고 했다."

"하지만 형님!"

"공식적인 자리다. 가주라고 부르거라."

별다른 내력조차 실리지 않은 평범한 목소리였지만 제갈만은 제 형의 말을 거역할 수 없었다.

제갈만이 끙하고 앓는 소리를 내더니 결국은 고개를 돌려 버렸다.

제갈공이 모용기와 시선을 맞추며 목소리를 냈다.

"용건이 뭔가?"

"몰라서 물으십니까?"

"네 입으로 확실히 말하거라."

담담한 얼굴로 말하는 제갈공을 쳐다보며 모용기가 눈살을 찌푸렸다.

그러나 괜한 기 싸움으로 제갈연을 곤란한 자리에 계속 두고픈 생각은 없었다.

모용기가 고개를 저으며 말했다.

"아무것도 하지 마세요."

"무엇을 말이냐?"

그 순간 모용기가 제갈만이 그랬듯 크게 진각을 밟았다.

그러나 그 결과는 전혀 달랐다.

모용기를 중심으로 단단한 청석이 깔린 바닥이 물결처럼 요동치며 뻗어 나갔다.

"어? 어?"

"무, 무슨!"

"자, 잠깐!"

중심을 잡지 못한 제갈세가의 무사들이 사방에서 당황한 듯한 목소리를 냈다.

그리고 그것은 제갈공이나 제갈만 역시 마찬가지였다.

특히 제갈만이 상당히 놀란 듯한 얼굴을 했다.

"이 무슨!"

입을 쩍 벌린 채 자신을 향하는 제갈만의 시선에 히죽 웃음을 보이는 것으로 대답한 모용기가 제갈공을 쳐다봤다.

간신히 중심을 잡은 제갈공이 딱딱한 얼굴로 모용기를 쳐다보며 말했다.

"싸우자는 것이냐?"

"그럴 자신은 있고요?"

제갈공이 가만히 입을 다물었다.

모용기가 빙글빙글 웃으며 말을 이었다.

"아무것도 하지 마세요. 적어도 내가 죽기 전까지는. 연아도 찾지 말고."

그 말을 끝으로 모용기가 신형을 돌렸다.

그리고는 침울한 얼굴을 하고 있는 제갈연의 어깨를 툭 치며 말했다.

"그만 가자."

모용기가 먼저 성큼 걸음을 옮겨 제갈세가의 대문을 벗어났다.

제갈연은 그제야 제 아비를 쳐다봤다.

그리고는 제갈연이 제 아비를 향해 큰절을 올렸다.

어느새 신색을 회복한 제갈공이 그녀를 내려다보며 말했다.

"무슨 의미냐?"

"마지막 인사입니다. 그간 길러 주셔서 다시 한 번 감사합니다."

큰절을 마친 제갈연이 제 아비와 시선을 맞췄다.

그러나 제갈공은 말이 없었다.

제갈연이 침울한 얼굴로 신형을 돌리려 할 때, 제갈공이 다시 목소리를 냈다.

"넌 내 딸이다."

나직한 목소리에 신형을 돌리던 제갈연이 움찔 몸을 떨며 멈칫했다.

그러나 이내 입술을 꼭 깨물고는 목소리를 냈다.

"그 연은 이미 오래전에 끊어졌습니다."

제갈연이 더는 미련이 남아 있지 않다는 듯 순식간에 제갈세가를 빠져나갔다.

상석에 자리한 채 무언가를 골똘히 생각하는 듯한 제 형을 보며 제갈만이 목소리를 냈다.

평소라면 엄두도 내지 못할 일이지만 이번만큼은 달랐다.

호기심이 두려움을 이겨 낸 것이다.

"형님, 이게 대체 어떻게 된 일입니까?"

방해를 받은 제갈공이 얼굴을 찌푸렸다.

그러나 제갈만은 물러섬이 없었다.

"이 일은 반드시 알아야겠습니다. 대체 무슨 일입니까? 연아와 연을 끊다니요? 또 연아 곁의 그놈은 누구입니까?"

제갈공이 고개를 저었다.

"이미 지난 일. 알 필요 없다."

"그럴 수는 없습니다. 알아야겠습니다. 그래야 연아를 다시 데려올 것 아닙니까?"

결론은 그것이다.

자신의 내력을 잔뜩 실은 일검을 어렵지 않게 받아 낸 제갈연이 탐이 나는 것이다.

그것은 제갈공 역시 마찬가지였다.

문제는 탐이 난다고 해서 얻을 수 있는 것이 아니라는 것이다.

"불가능하다 여겨도 될 정도로 어려운 일이다."

"혈연은 천연이라 했습니다. 그게 그렇게 쉽게 끊어지는 것입니까? 묵은 것을 털어 내고 잘 설득하면 연아는 다시 돌아올 것입니다. 아니, 꼭 그래야만 합니다."

제갈만이 단호한 얼굴로 자신의 주장을 내세웠다.

그러나 제갈공은 가타부타 대꾸가 없었다.

제갈공의 침묵이 길어지자 제 형을 존중하던 평소와는

달리 제갈만이 답답하다는 얼굴을 했다.

그리고는 다시 제갈공을 재촉하려는 찰나, 문밖에서 시종의 목소리가 들려오며 그의 입을 막았다.

"가주님."

"무슨 일이냐?"

"팽가에서 사람이 왔습니다."

팽가라는 말에 제갈만이 제 형을 쳐다보며 목소리를 냈다.

"형님."

제갈공이 손을 들어 그를 제지하고는 문밖의 시종을 향해 목소리를 냈다.

"잠시 기다리라 하거라."

"알겠습니다."

시종의 기척이 멀어지자 제갈만이 제 형을 쳐다보며 다시 목소리를 냈다.

"형님."

의문이 가득한 그와 시선을 맞추며 제갈공이 말했다.

"아무래도 준아를 다시 불러들여야겠구나."

관계를 돈독히 하기 위해 팽가에 보낸 소가주 제갈준을 말하는 것이다.

의외의 말에 제갈만이 눈을 동그랗게 떴다.

"하지만 팽가는…… 대체 무슨 생각이십니까?"

이제껏 공을 들이며 추진했던 일을 한 번에 틀어 버리는 결정에 대한 의문이었다.

그러나 제갈공은 제 동생의 의문을 풀어 주기보다는 결론부터 풀어냈다.

"봉문하겠다."

"형님!"

제갈만이 받아들이기 힘들다는 얼굴로 자리에서 벌떡 일어섰다.

제갈공이 어느새 예전과 같은 차가운 눈으로 그를 쳐다봤다.

"내 말에 의문을 가지는 것이냐?"

잠시 흔들렸던 가주의 위엄이 다시금 모습을 드러냈다.

제갈만이 흠칫 몸을 떨고는 얼른 고개를 숙였다.

"죄송합니다."

땅에 얼굴을 박을 정도로 깊숙이 고개를 숙인 그를 잠시 쳐다보던 제갈공이 고개를 저었다.

"그만 일어나서 자리에 앉거라."

"감사합니다."

제갈만이 다시 한 번 고개를 숙이고는 이전과는 달리 몸가짐을 바로 하며 자리를 잡았다.

그리고는 억지로 의문을 내리눌렀다.

그러나 풀어야 할 문제는 여전히 남아 있었다.

제갈만이 조심스러운 얼굴로 제 형을 쳐다봤다.

"형님."

"또 의문이 생기는 것이냐?"

"아닙니다."

"그렇다면 이번에는 무엇이냐?"

"봉문을 하겠다는 형님의 말씀에 거역할 생각은 추호도 없습니다. 하지만 명분도 없이 봉문을 하면 분명 미운 털이 박힐 겁니다."

제갈공이 추진하는 일을 어느 정도는 알고 있던 제갈만 이었기에 지적할 수 있는 부분이었다.

그리고 제법 심각한 문제이기도 했다.

그러나 제갈공은 대수롭지 않다는 얼굴로 대꾸했다.

"명분이야 만들면 되는 법."

"예? 어, 어떻게······."

제갈공은 더는 대꾸하지 않고 가만히 눈을 감았다.

조금 시간이 지나자 그의 얼굴이 창백해지는가 싶더니 한순간 울컥 피를 토해 냈다.

자그마한 내장 조각이 섞여 나온 핏물에 제갈만이 기겁을 하며 자리에서 벌떡 일어섰다.

"혀, 형님!"

제갈공이 손을 뻗어 자신에게 들러붙으려는 제 동생을 저지했다.

그리고는 자신이 쏟아 낸 핏물을 물끄러미 내려다보며
중얼거리듯 말했다.

"가주가 심각한 내상을 입었다. 이 정도면 명분은 충분하지."

제갈만이 제 형을 쳐다보며 긴장한 얼굴로 침을 꿀꺽 삼
켰다.

남경을 코앞에 두자 마음이 심란했다.

모용기가 남경으로 향한다는 말을 꺼냈을 때부터 각오한
일이었지만 예상보다 더 떨렸다.

제갈연이 불안한 눈으로 앞서 나가는 모용기의 소매를
붙잡았다.

"얘기 좀 해."

"무슨 얘기?"

모용기가 별다른 감흥 없는 얼굴로 제갈연을 돌아봤다.

그의 얼굴을 물끄러미 쳐다보던 제갈연이 눈을 흘겼다.

"남은 불안해 죽겠는데……."

태연한 모용기의 얼굴이 마음에 들지 않은 것이다.

자신만 괜한 걱정을 하는 듯한 기분이었다.

그녀의 찌푸린 얼굴을 마주한 모용기가 픽 웃으며 고개
를 저었다.

"그럴 것 없다니까. 잠깐 얘기만 할 거라고."

"그게 네 마음대로 돼? 지난번에 죽을 뻔했는데……."

"에이, 잠깐 내력 좀 막힌 것 가지고 과장은."

"그게 그거지! 남경에서 또 그런 꼴 당하면 빠져나가지도
못한다고. 그건 네가 더 잘 알잖아."

제갈연의 말이 틀리지 않았다.

그럼에도 모용기는 고개를 저었다.

"그래도 가 봐야 해. 그 영감한테 물어볼 게 있거든."

"어차피 곧 만날 거잖아. 그때 물어보면……."

모용기는 다시 한 번 고개를 젓는 것으로 제갈연의 입을
막았다.

일단 그와 손을 섞기 시작하면 둘 중 하나는 분명 죽는
다.

자신이 알고자 하는 바를 그에게 들을 시간이 없을지도
모른다.

그래서는 안 됐다.

"난 반드시 알아야겠거든. 왜 날 되돌렸는지. 충허 진인
이나 노도진 역시 마찬가지고."

모용기가 고집스런 얼굴을 하더니 신형을 돌렸다.

빠르지도 느리지도 않게 걸음을 옮기는 그의 뒷모습을
물끄러미 쳐다보던 제갈연이 깊은 한숨을 내쉬었다.

"하아…… 이제는 나도 모르겠다."

그리고는 얼른 모용기의 옆으로 따라붙었다.

"그런데……."

"또 뭐?"

"그 사람이 곧이곧대로 말해 줄까? 지난번에도 아무 말도 안 했다며?"

"그땐 그랬지."

"지금은? 지금은 뭐가 달라졌을 거 같아?"

제갈연의 질문에 모용기가 잠시 입을 다물었다.

무언가 골똘히 생각하는 듯한 그는, 결국에는 고개를 젓고 말았다.

"나도 몰라."

"뭐? 그런 무책임한 말이 어디 있어?"

"모르는 걸 모른다고 하지 뭐라고 해?"

"그럼 지금 어떻게 될지도 모르는데 무작정 찾아간다는 거야? 그러지 말고 차라리……."

꾹꾹 눌러 뒀던 마음이 다시 고개를 쳐들었다.

그러나 모용기는 듣기 싫다는 듯이 고개를 저으며 앞서 나갔다.

"쟤가 정말……."

제 말을 듣지도 않는 모용기를 쳐다보며 제갈연이 눈을 흘겼다.

그러나 그것이 부질없는 일이라는 것을 어렵지 않게 알

수 있었다.

제갈연은 한숨을 푹푹 내쉬며 모용기의 뒤를 따를 수밖에 없었다.

남경의 시가지로 들어선 제갈연이 모용기를 쳐다보며 말했다.

"바로 갈 거야?"

"아니. 너무 밝아서 접근하기도 힘들어."

"어두워질 때까지 기다려야겠네? 객잔이라도 잡을까?"

잠깐 고민을 하던 모용기가 고개를 저었다.

"아니."

"그럼?"

"예전에 할아버지가 지내던 장원으로 가 볼려고. 그대로 있을지는 모르겠지만."

제법 오래 머물렀던 신의의 장원이 떠올랐다.

본가 다음으로 많은 시간을 보낸 곳이라 애착이 갔기 때문이다.

모용기가 방향을 틀었다.

제갈연이 얼른 따라붙으며 자그마한 입으로 재잘거렸다.

"네 할아버지 장원? 비워 둔 지 꽤 됐는데 아직까지 멀쩡할까?"

"나도 모르지. 그러니까 가 보는 거고. 다른 이라도 자리 잡아서 멀쩡했으면 좋겠는데……."

제 입으로 꺼낸 말이지만 헛된 기대일 가능성이 컸다.

다른 곳도 아니고 빈민가 한가운데에 자리 잡은 장원이었다.

멀쩡히 내버려 둘 리가 없었다.

어쩌면 기둥뿌리까지 다 뽑아 갔을지도 모를 일이다.

"아무것도 없으면 할 수 없는 거고."

모용기가 별다른 기대감이 없는 얼굴로 미로처럼 뻗어 있는 골목골목을 누볐다.

곳곳에 아무렇게나 널브러져 있던 빈민들이 모용기와 제갈연에게로 시선을 집중했다.

굶주림에 지쳐 생기가 없는 얼굴들이 대부분이었지만 개중에는 음욕으로 번들거리는 눈으로 제갈연을 훑어보는 이들 역시 분명히 존재했다.

제갈연이 모용기에게 바짝 달라붙었다.

겁이 난다기보다는 징그럽다는 느낌이었다.

모용기가 픽 웃으며 그녀를 돌아봤다.

"겁먹은 거야?"

"겁먹긴 누가? 그게 말이 된다고 생각해?"

"그런데 왜 그래? 얼굴이 잔뜩 굳어서는……."

"징그러우니까 그러지. 겁먹고 말고가 아니라고."

그녀의 말에 모용기가 주위를 휙 둘러봤다.

번들거리는 눈으로 제갈연을 훑어보던 눈동자들에 모용기의 시선이 닿자 하나둘씩 헛기침을 하며 고개를 돌리는 모습이었다.

그러나 오히려 더 몸을 부풀리며 위협을 주려는 이들이 없지는 않았다.

조금은 기분이 나빠지려는지 모용기가 눈살을 찌푸리려 할 때, 부드러운 감촉이 그의 팔에 닿았다.

이내 헤벌쭉한 얼굴을 하는 모용기였다.

그 모습을 확인한 제갈연이 얼른 그의 팔을 놨다.

그리고는 양손으로 자신의 가슴을 가리며 앙칼진 눈으로 모용기를 쏘아봤다.

"넌 이런 때까지!"

"내가 뭘? 자기가 가져다 대 놓고서는?"

"시끄러. 빨리 가기나 해."

제갈연이 뾰족한 목소리로 쏘아붙이자 모용기가 쩝하고 입을 다물었다.

그러나 할 일은 잊지 않았다.

모용기가 한쪽 발을 가볍게 구르자 흙바닥이 소리도 없이 푹 파여 나갔다.

모용기를 향해 눈을 부라리던 사내들이 눈을 동그랗게 떴다.

그리고는 그와 눈길을 마주칠 때마다 하나둘씩 슬그머니 시선을 피하는 모습이었다.

모용기가 만족한 얼굴로 고개를 끄덕이더니 다시 걸음을 옮기기 시작했다.

제갈연 역시 잠시나마 편한 얼굴로 거리를 활보했다.

그러나 그 편안함은 그리 오래가지 않았다.

또다시 끈적끈적한 눈길들이 따라붙은 탓이다.

모용기가 그녀를 돌아보며 말했다.

"저것들도 다 치워 줘?"

제갈연이 고개를 저었다.

"됐어. 조금만 지나면 또 따라붙는데 뭘. 그보다 빨리 가기나 해. 아직 멀었어?"

"다 왔어. 조금만 참아."

모용기가 휘적휘적 걸음을 옮겼다.

그리고 빈민가의 깊숙한 곳까지 이동한 모용기는 문득 걸음을 멈추며 고개를 갸웃거렸다.

제갈연이 미간을 좁히며 모용기를 쳐다봤다.

"아무도 없을 거라며?"

"그랬지."

"그런데 이게 뭐야? 딱 봐도 한둘이 아닌 것 같은데……."

그녀의 기감에도 제법 많은 기척이 걸려들었다.

언뜻 보기에도 두 자릿수는 족히 넘을 듯한 기척이었다.

의외의 상황에 제갈연이 대답을 구하듯 모용기를 빤히 쳐다봤다.

모용기가 어깨를 들썩였다.

"가 보면 알겠지."

그리고는 제갈연의 손목을 잡아끌며 모퉁이를 돌았다.

그러자 신의의 커다란 장원 앞에 길게 늘어선 줄이 그의 시선에 들어왔다.

모용기가 어리둥절한 눈으로 길게 늘어선 빈민들의 줄을 훑었다.

"이게 대체 어떻게 된 거지?"

아무리 생각해도 영문을 알 수가 없었다.

신의가 떠난 이상 이들이 몰려들 이유가 없었던 탓이다.

제갈연이 그를 쳐다보며 목소리를 냈다.

"너네 할아버지…… 다시 돌아오신 것 아닐까?"

"그럴 리는 없는데…… 집에 돌아가셔서 만족스러워하셨는데……."

쌍둥이를 한 팔에 하나씩 끼고 팔불출처럼 웃고 있던 신의가 눈앞을 스쳐 지나갔다.

그런 그가 본가 생활을 접고 다시 되돌아올 일은 없다 생각한 것이다.

잠시 모용공을 떠올리며 고민을 하던 모용기는 고개를

휘휘 저으며 다시 걸음을 옮겼다.

"일단 가 보자."

그리고는 길게 늘어선 줄에서 비켜나 장원으로 다가갔다.

못마땅하다는 듯한 눈동자들이 따라붙었지만 애써 무시한 끝에 장원의 대문에 다다른 모용기는 한순간 눈을 동그랗게 떴다.

"어라?"

그의 목소리를 들은 것인지 대문에 기대어 고개를 숙인 채 꾸벅꾸벅 졸고 있던 사내가 시선을 들었다.

"줄 서…… 어라?"

고개를 들던 사내 역시 모용기를 확인하고는 눈을 동그랗게 떴다.

그리고는 환한 얼굴로 자리에서 벌떡 일어섰다.

"도련님!"

바로 신창 장철삼이었다.

신의가 비운 장원을 그는 여전히 지키고 있었던 것이다.

"장 무사가 어떻게……?"

여전히 어리둥절한 얼굴의 모용기.

그리고 그의 의문을 풀어 준 것은 또 다른 기척이었다.

어느새 모습을 드러낸 담재선이 못마땅하다는 눈으로 모용기를 쳐다보며 말했다.

"왜 이제 오는 거냐?"

쪼르르륵!

찻물이 떨어지는 소리가 유난히 귀에 밟혔다.

항상 얼굴을 뒤덮고 있던 면구를 모처럼 벗어 던진 담설
이 곱게 웃으며 김이 모락모락 올라오는 찻잔을 내밀었다.

"드세요."

"어? 어, 그래. 마셔."

모용기가 제 앞에 놓인 찻잔을 제갈연에게 먼저 내밀었
다.

잠깐이지만 눈살을 찌푸리는 담설을 확인한 그녀가 괜히
죄지은 얼굴로 찻잔을 다시 모용기 앞에 내밀었다.

"네가 먼저 마셔."

"난 괜찮아. 목마를 텐데 어서 마셔."

"그, 그게……."

제갈연이 난감하다는 얼굴을 할 때, 어느새 얼굴을 고친
담설이 찻잔 하나를 더 내밀었다.

"여기 하나 더 있어요. 언니도 얼른 드세요."

"어? 그, 그래. 고마워."

제갈연이 어색한 얼굴로 그녀의 눈길을 피했다.

그리고는 조금 목을 축이는 시늉을 하더니 찻잔을 만지작거렸다.

둘 사이에 미묘하게 흐르는 어색한 기류를 눈치 챈 모용기는 끙하고 앓는 소리를 내더니 담설을 쳐다보며 질문했다.

"그런데 네가 왜 여기 있는 거냐? 네가 여길 지킨 거야?"

담설이 말없이 고개를 끄덕였다.

원하는 대답을 듣지 못한 모용기가 재차 질문했다.

"네가 왜 여기 있는 거냐고."

모용기의 거듭된 재촉에 담설이 시선을 내리더니 조그마한 목소리로 대꾸했다.

"오라버니가 오실 것 같아서요."

모용기가 그렇게 둔하지는 않았다.

당연히 그녀의 마음을 모를 리가 없었다.

그러나 그녀의 마음을 받아 줄 수는 없었다.

"내가 예전에도 말했을 텐데. 난……."

그러나 담설이 한발 빨랐다.

담설이 모용기의 말을 끊으며 목소리를 냈다.

"저도 예전에 말했어요. 아무것도 바라지 않는다고. 그냥 옆에만 있겠다고."

예전과 전혀 달라진 점이 없는 그녀의 모습에 모용기는 난감함을 느꼈다.

가만히 고개를 숙이고 있는 그녀를 쳐다보고 있자니 한숨이 나오려 했다.

억지로 한숨을 집어삼킨 모용기가 제갈연을 돌아봤다.

그녀 역시 곤란한 것은 마찬가지였다.

제갈연에게 무언가를 기대하기는 무리였다.

모용기가 가만히 고개를 젓고는 다시 담설을 쳐다봤다.

'아무래도 당장 해결할 수 있는 문제는 아닌 것 같고……'

제법 시간이 지났음에도 여전히 자신을 기다리고 있던 담설이었다.

매몰찬 말로 밀어낸대도 밀려나지 않을 것이다.

조금 더 시간이 필요하다 여겼다.

당장 해결할 수 없는 문제는 미뤄 두고, 일단은 어색한 기류를 지워 낼 필요가 있었다.

"그보다 위험하진 않았어? 저들을 속이기가 쉽지 않았을 텐데."

"원래 등하불명이라고 하잖아요. 아직까지 모르는 눈치던데요."

담설의 대구에 모용기가 고개를 저었다.

저들이 모를 리가 없었기 때문이다.

한 번이라면 모를까 두 번이나 같은 수에 당할 이들이 아니었다.

"아무래도 이제 그만 떠나는 게 좋겠어. 여긴 너무 위험하니까."

"안 그래도 그럴 생각이에요. 이제 더 이상 남경에 머무를 이유가 없어졌거든요."

자신을 똑바로 쳐다보며 목소리를 내는 담설.

그녀의 모습에 또다시 한숨이 새어 나오려는 것을 모용기는 억지로 집어삼켰다.

모용기가 괜히 죄지은 듯한 기분이 들어 저도 모르게 제갈연을 찾으려는 순간, 담재선의 차가운 목소리가 그의 귓전을 때리며 시선을 잡아끌었다.

"인사를 나누었으면 이제 나와 말을 좀 하는 것이 어떻겠나?"

〈14권에 계속〉